投資策略
合約協議
專案研發

兩代間的接力，
共創富可敵國的商業奇蹟

洛克斐勒父子

真實的
信件往來

約翰・洛克斐勒
John Rockefeller

小約翰・洛克斐勒
John Rockefeller, Jr. 著

遲文成 譯

不是只有給兒子
的三十八封信

CORRESPONDENCE OF JOHN D. ROCKEFELLER & JOHN D. ROCKEFELLER, JR.

出身貧困的約翰・洛克斐勒，卻成為史上第一位億萬富豪？
俗話說富不過三代，可是如今洛克斐勒家族已經傳到第七代，
更跨足政治、軍事、能源、教育、醫藥等領域，地位舉足輕重！

究竟約翰是怎麼培養他的「接班人」，並把致富精神傳承下去？
透過洛克斐勒父子近五十年的信札，我們可從中窺探一二──

# 目 錄

# 洛克斐勒家族族譜
## Rockefeller Family Tree

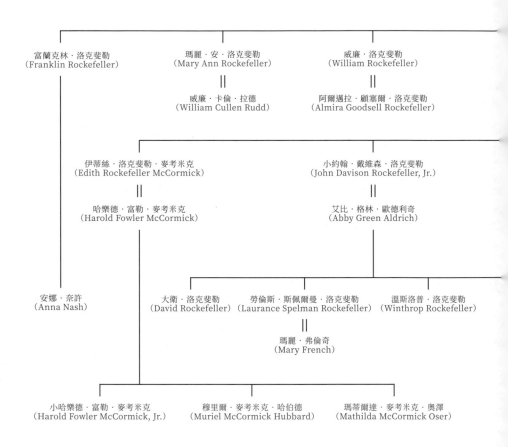

富蘭克林 · 洛克斐勒
(Franklin Rockefeller)

瑪麗 · 安 · 洛克斐勒
(Mary Ann Rockefeller)
‖
威廉 · 卡倫 · 拉德
(William Cullen Rudd)

威廉 · 洛克斐勒
(William Rockefeller)
‖
阿爾邁拉 · 顧塞爾 · 洛克斐勒
(Almira Goodsell Rockefeller)

伊蒂絲 · 洛克斐勒 · 麥考米克
(Edith Rockefeller McCormick)
‖
哈樂德 · 富勒 · 麥考米克
(Harold Fowler McCormick)

小約翰 · 戴維森 · 洛克斐勒
(John Davison Rockefeller, Jr.)
‖
艾比 · 格林 · 歐德利奇
(Abby Green Aldrich)

安娜 · 奈許
(Anna Nash)

大衛 · 洛克斐勒
(David Rockefeller)

勞倫斯 · 斯佩爾曼 · 洛克斐勒
(Laurance Spelman Rockefeller)
‖
瑪麗 · 弗倫奇
(Mary French)

溫斯洛普 · 洛克斐勒
(Winthrop Rockefeller)

小哈樂德 · 富勒 · 麥考米克
(Harold Fowler McCormick, Jr.)

穆里爾 · 麥考米克 · 哈伯德
(Muriel McCormick Hubbard)

瑪蒂爾達 · 麥考米克 · 奧澤
(Mathilda McCormick Oser)

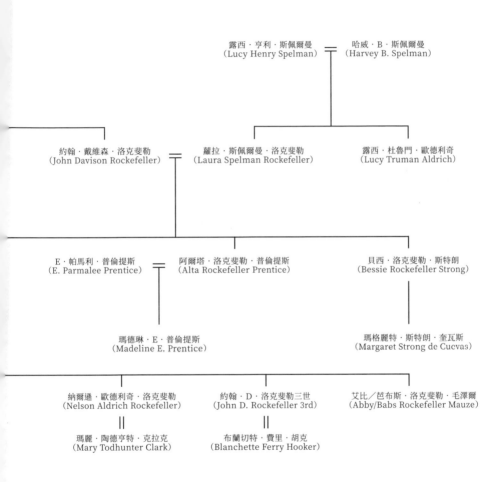

露西·亨利·斯佩爾曼
(Lucy Henry Spelman)

哈威·B·斯佩爾曼
(Harvey B. Spelman)

約翰·戴維森·洛克斐勒
(John Davison Rockefeller)

蘿拉·斯佩爾曼·洛克斐勒
(Laura Spelman Rockefeller)

露西·杜魯門·歐德利奇
(Lucy Truman Aldrich)

E·帕馬利·普倫提斯
(E. Parmalee Prentice)

阿爾塔·洛克斐勒·普倫提斯
(Alta Rockefeller Prentice)

貝西·洛克斐勒·斯特朗
(Bessie Rockefeller Strong)

瑪德琳·E·普倫提斯
(Madeline E. Prentice)

瑪格麗特·斯特朗·奎瓦斯
(Margaret Strong de Cuevas)

納爾遜·歐德利奇·洛克斐勒
(Nelson Aldrich Rockefeller)
||
瑪麗·陶德亨特·克拉克
(Mary Todhunter Clark)

約翰·D·洛克斐勒三世
(John D. Rockefeller 3rd)
||
布蘭切特·費里·胡克
(Blanchette Ferry Hooker)

艾比／芭布斯·洛克斐勒·毛澤爾
(Abby/Babs Rockefeller Mauze)

注：①此處只錄書中出現的人物。
　　②「＝」、「||」表示夫妻關係。

# 前言

「財富累積到洛克斐勒家族那樣的程度」意味著什麼呢？

小約翰·戴維森·洛克斐勒認為，每種權利都暗示著一種職責；每個機會都附帶著一種義務；每項財富的擁有也都意味著一種責任。他的這些理念，在他與父親50餘載的通信中有充分的展示，這也是本書信集之價值所在。

成為一個洛克斐勒式的人物，究竟意味著什麼？歷史學家、新聞記者以及其他一些評論家，對此都有過不同的闡釋。曾有200多篇雜誌文章和至少60部書籍評說1896年到1990年間這對父子的經歷。有些作者涉及了本書信集裡的內容，有些沒有。那些不涉及本書信集內容的作者有：艾達·塔貝爾（Ida Tarbell），她是在1904年和1905年出版關於「約翰·戴維森·洛克斐勒」和「標準石油公司」的作品；亨利·德馬雷斯特·洛伊德（Henry Demarest Lloyd），他是在1894年出版相關作品；馬修·約瑟夫森（Matthew Josephson），他是在1934年和1938年出版相關作品。[001]

艾倫·內文斯（Allan Nevins）[002]是第一位使這些書信有用武之地的人。他和他的助手閱讀了1,000多封信件，這些信件

---

001 艾達·塔貝爾，《美孚石油公司史》（*The History of the Standard Oil Company*）的作者；亨利·德馬雷斯特·洛伊德，《不利於共和國的財富》的作者；馬修·約瑟夫森，《斂財大亨》的作者。

002 艾倫·內文斯，《約翰·戴維森·洛克斐勒：美國企業的輝煌時代》和《深度研究：約翰·戴維森·洛克斐勒，一個實業家和慈善家》的作者。

都是小約翰‧戴維森‧洛克斐勒從家庭檔案中精選出來的。內文斯在 1940 年撰寫當時正處於美國企業輝煌時代的洛克斐勒家族時，引用了其中一些很重要的書信。同樣的大量引用，也出現在他 1953 年關於洛克斐勒這位實業家和慈善家傳記的修訂本中。

雷蒙德‧B‧福斯迪克（Raymond B. Fosdick）[003] 撰寫的小洛克斐勒傳記於 1956 年出版，是當時第二部主要依據那 1,000 封信而成就的書籍。這些書信源於原始檔案，並照時間順序整理，在洛克斐勒檔案中心形成一個單獨系列的家庭檔案。

這些傳記又為其他作者在使用該書信檔案系列時，提供了素材。這些書信現已被廣泛引用來佐證不同作者的不同觀點。格雷斯‧古爾德（Grace Goulder）主要研究老洛克斐勒在克利夫蘭的歷史，他發現了關於早期克利夫蘭歷史的一條更為豐富多彩的脈絡。艾文‧莫斯科（Alvin Moscow）則以這些書信為視角，從中探索家族實業和慈善事業發展到第 3 代的軌跡。彼得‧科利爾（Peter Collier）和大衛‧霍洛維茲（David Horowitz）更是發現了洛克斐勒家族要控制美國的計畫端倪，如果說不是控制整個世界的話。[004]

拉爾夫（Ralph）和穆里爾‧海迪（Muriel Hidy）借用這些書信撰寫了紐澤西標準石油公司的歷史。大衛‧弗里曼‧和

---

003 雷蒙德‧B‧福斯迪克，《小約翰‧戴維森‧洛克斐勒，一幅畫像》的作者。

004 格雷斯‧古爾德，《約翰‧戴維森‧洛克斐勒：在克利夫蘭的歲月》的作者；艾文‧莫斯科，《洛克斐勒家史》的作者；大衛‧霍洛維茲，《洛克斐勒家族：一代美國王朝》的作者。

克（David Freeman Hawke）利用這些書信簡要地探討了身為成功商人的老洛克斐勒，而彼得·詹森（Peter Johnson）和傑克·哈爾（Jack Harr）則在這些書信中發現了這個家族的價值觀和培養約翰·戴維森·洛克斐勒三世做慈善事業的背景淵源。[005]

登上《時代雜誌》的洛克斐勒

因此，這 1,000 封信在過去的 50 多年中已經零零星星地出現在一些論著中。那些作者借用這些書信，直接證明他們本人及他們的機構所持有的對立觀點。

本書信集不帶有任何評論，只是客觀呈現。不涉及到任何動機，也沒有流傳千古的長遠打算。但，有些人物、地點和事件，從書信語境中無從判斷，只好做了一些分析補充。信中只有一些打字錯誤做了更正。

每位當父親的，和做兒子的，或許都渴望著本書信集中所展示給讀者的那種愛和理解。這種愛，這種理解，這種責任感與「是否像洛克斐勒那樣富有」無關。

---

005 拉爾夫和穆里爾·海迪，《偉大事業的創建：標準石油公司的歷史（新澤西），1882 ～ 1911》的作者；大衛·弗里曼·和克，《約翰·戴維森：洛克斐勒家族企業奠基人》的作者；彼得·詹森和傑克·哈爾，《洛克斐勒的世紀》的作者。

洛克斐勒父子

# 書信

　　1887 年 11 月 17 日，13 歲的小約翰·戴維森·洛克斐勒寫給他 48 歲身在紐約的父親一封信。當時，小洛克斐勒和他的母親蘿拉·斯佩爾曼·洛克斐勒（Laura Spelman Rockefeller）正在克利夫蘭的森林山過冬，這裡是洛克斐勒的老家。這個小男孩的身體一直柔弱，因此，他的父母覺得應該讓他生活在森林山這種公園般的環境中，這樣有利於他的身體恢復。以下就是選自父子之間這個階段的往來書信，從老洛克斐勒回兒子的那封信開始。

百老匯大街 26 號

紐約

1887 年 11 月 19 日

親愛的小約翰：

你 17 號發出的信剛剛收到，非常高興得知你和媽媽在靜謐的森林環境中一切安好。[006] 我現在是棘手的事情纏身，但還順利，盼望不久之後能夠回去看你們。但是，很遺憾，在這個感恩節我是做不到了。我已經被要求去華盛頓了，但是我沒理會他們的傳訊，不過現在準備好了可以隨時過去。布魯斯特（Brewster）先生 [007] 和其他幾個人在週一早晨過去。想想森林裡的小屋，就覺得你們去那裡居住的決定還是明智的，而且現在家裡一切都好。現年已 77 歲的老哈貝爾（Hubbell）先生今

006 到 1887 年的時候，約翰·戴維森·洛克斐勒一家在克利夫蘭已經擁有兩間家庭住宅，在紐約擁有一間家庭住宅。洛克斐勒在 1868 年買下了克利夫蘭尤克利德（Euclid）大街 997 號宅邸。那是一座兩層的維多利亞式家庭住宅。小約翰·戴維森·洛克斐勒就是於 1874 年 1 月 29 日出生在這座小樓裡的。在克利夫蘭的第二個家，也就是森林山那個家，最終成為了一個 700 英畝的地產，此處購於 1878 年。這座房屋是一座三層建築，起初就是當作療養勝地。在三年時間裡，洛克斐勒把這塊地產開發成為一處農場、兩個用於游泳和滑冰的湖、一條用於賽馬的跑道和腳踏車道，還有一處 9 洞的高爾夫球俱樂部。該房屋於 1917 年 12 月毀於火災。在 1930 年代的時候，此處的部分地產被開發成為一些單獨住宅，變成一個公寓區和購物區。其餘地塊作為公園留給了民眾。

1877 年到 1884 年間，洛克斐勒一家住在紐約市第五大道上的第 49 和第 50 大街之間的白金漢宮酒店。1884 年 10 月他買下了西 54 街 4 號建築，那是一座建於1865 或 1866 年的四層褐色砂石樓房。他在那座房屋裡居住了 40 多年，但幾乎沒做任何改變。

1877 年後，洛克斐勒一家通常在 5 月到 10 月間住在克利夫蘭，10 月到 5 月間住在紐約。但是，小洛克斐勒和媽媽蘿拉·斯佩爾曼·洛克斐勒在 1887 年和 1888年的冬季還是住在森林山，因為小洛克斐勒身體不好。正是這一分離，才有了這些最早期的洛克斐勒父子之間的通信。

007 1887 年秋和 1888 年夏，洛克斐勒和標準石油信託公司（Standard Oil Trust）的其他受託人，接受了美國眾議院的審訊。班傑明·布魯斯特也是最初公司受託人之一。

早過來了。他和過去一樣還是那位虔誠善良的循道宗信徒。他和我們一起坐在桌旁喝咖啡、吃蛋糕和糖漿，還在房子裡四處轉轉，顯得非常開心。我向他訂購了一張床，準備放在那個空房間裡。他給的價格比鮑狄埃[008]低幾百元，而且我想品質也不會比鮑狄埃的差，我知道他的床是最棒的。如果這張床媽媽不喜歡，我們明年可以把它運到森林山去，因為我們說過那裡需要一些新床。我們都喜歡老哈貝爾這個人，他不會讓我們失望的。你說家裡一切順利，而且你不感到孤單。我這裡情況就有所不同了，但我會盡最大努力把事情做好，其他人也是如此。

我不寫信給媽媽，但我每天都發電報給她。我一直很忙，也知道很多信都是家裡寄來的。她會了解所有情況的，生意進展順利。我深愛你和媽媽，非常感謝你貼心的來信。

愛你的
父親

---

008 鮑狄埃是紐約當時享有盛譽的家具生產商和零售商。

百老匯大街 26 號
紐約
1887 年 11 月 28 日

親愛的約翰：

　　你 22 日發出的信如期收到。請原諒遲遲沒有回覆。你今天發來的想買輕便雪橇的電報也收到了，我明天一早就去辦理此事。我想你是想要那種能夠承載兩個人的雪橇吧！我在華盛頓過得滿快樂的。這是一座美麗的城市，天氣舒適宜人。聽了我的證言後，他們沒有再詢問其他人，雖然他們傳喚了我們 8 個人。這樣的經歷我們都感覺很好。《紐約世界報》(*New York World*) 在這方面再沒有任何進一步攻擊的理由，因此，現在又回到他們的初愛 —— 布法羅訴訟案[009] 上，試圖重新找出攻擊我們的素材。昨天在家裡過了一個很愉快的星期天，現在感覺很棒，準備投入工作。滿懷期待地盼望本週末見到你們。

　　同意你們把禦寒外層大門刷層油漆的決定。你和媽媽一定要用自己的方式來處理這一切事務，我說什麼並不重要。你調查了，你說了算。

愛你的
父親

---

009 1881 年，標準石油公司的競爭對手，布法羅潤滑油公司發生了一起爆炸事故。標準石油公司的 3 位官員被控與這起所謂的犯罪行為相關。儘管這場指控最終被法庭認定為子虛烏有，但這次爆炸事故卻常常被引用說明標準石油公司的商業策略。《紐約世界報》就不斷在大眾面前舊事重提，矛頭直指標準石油公司。整個事件在艾倫·內文斯的《約翰·戴維森·洛克斐勒：美國企業的輝煌時代》一書中有所探討。

親愛的父親：

您的來信收到了，我非常開心。我們滑了幾次冰，雖然沒有您在我們身邊時滑得好。這週剛開始時，我們鏟平冰面就用了一兩天時間，第二天辛克萊（Sinclair）先生 [010] 在水塔前澆了一片冰場 —— 順便告訴你一下，他們修好了水塔，現在需要的就是往裡面加水。

星期四的時候，道林（Dowling）一家出來滑冰了。星期五中午的時候，冰場融化得很厲害，但是經過一夜又封凍好了，所以昨天我們滑得很開心。但是，您在這裡時我們一起堆的雪堆還沒有融化，滑冰不是很方便。我們打算嘗試一下把這些雪堆掘開，讓它們盡快融化。昨天下午，比格（Biggar）夫人帶著孩子們也出來滑冰了，她滑得棒極了。

昨晚下了一場大雨，接著就結了冰，所以，今天馬都很難站立 —— 雖然牠們反應敏捷。尤克利德大街被冰覆蓋得緊密結實，因此我們一路上只能沿著車道前進。在尤克利德大街上我只看到一兩輛馬車。我感覺我們是唯一坐著馬車來教堂的人了。

---

010 辛克萊先生是森林山宅邸的大管家。道林先生是尤克利德大街浸禮會教堂的牧師。該教堂後來被稱為洛克斐勒教堂。比格夫人是順勢療法（Homeopathy）醫生及洛克斐勒私人醫生漢米爾頓 F·比格（Hamilton F. Biggar）博士的妻子。他經常打高爾夫球，後來全家移居歐洲，他的孫子班傑明 T·吉伯特（Benjamin T. Gilbert）與洛克斐勒的外孫女瑪德琳 E·普倫蒂斯（Madeline E. Prentice）結了婚。摩爾夫人是森林山宅邸的女管家。蔡斯一家是鄰里朋友，也是尤克利德大街浸禮會的成員。

媽媽說，蔡斯先生和艾米在去教堂之後來她這裡了，問她從雪橇上掉下來是否摔傷了。蔡斯先生說他想再去滑一滑冰。

　　媽媽進步很快，和我一起滑冰，不用扶著椅子滑了。她很喜歡這樣滑。摩爾（Moore）夫人幾天前來了，剛穿上滑冰鞋就說腳踝無力像灌了鉛。

　　最近，我一直和愛德華一起騎馬，我很喜歡他。有一天，他換騎另一匹馬，並吹噓說他實際上駕馭馬很在行。

　　媽媽問，從您辦公室到森林山接電話線的事辦得怎麼樣了。

愛您的<br>約翰

位於紐約市的洛克斐勒故居 Pocantico Hills New York

約翰·洛克斐勒之家，美國俄亥俄州東克利夫蘭森林山

百老匯大街 26 號
1888 年 1 月 20 日

親愛的兒子：

　　我們收到你 15 日發來的信，很高興。很開心了解你一天的生活，並希望你和媽媽在這種靜逸的鄉間生活中過得更舒適。我非常高興你學滑冰，這讓我想起了我的童年。我現在有一雙綁帶的滑冰鞋，據說能很好地支撐腳踝，下次我會帶去。請告訴媽媽，關於森林山通電話線的事正在辦理。因為想要一條新線路而且還要確保暢通，所以稍稍耽擱了一些。今早我和姨媽 011 搭乘由「閃電」和「子夜」拉著的、花了 300 美元新買的輕便雪橇，去了哈林河 (Harlem River)。我知道，這很奢侈，但是搭乘雪橇太讓人興奮了，我無法抵制這種誘惑就買下了，希望它物有所值。前天我駕車出去了四次，昨天出去了三次，兩天加起來跑了大約 80 英里。你不覺得我是一個狂熱的年輕人嗎？十分期待下週見到你，但直到週五我才能脫身。

愛你的
父親

---

011 姨媽是指蘿拉的妹妹露西‧斯佩爾曼 (Lucy Spelman)。「閃電」和「子夜」是一對黑色的駿馬。洛克斐勒喜歡駕車和賽馬，因此他常在尤克利德大街上或他的森林山跑道上與鄰居比賽。

親愛的兒子：

　　我們剛剛收到你的電報，裡面談到了伊蒂絲[012]的書 ——
希望你過了一個愉快的安息日。我們來到這裡以後一直很開
心。我們都認為從海邊移居到內陸是令人沮喪的，但我們卻感
到很輕鬆，而且我相信這有利於我們的健康和體質。

　　我想，你的媽媽和姐姐們已經和你談了主日學校的事，我
寫信就不談這事了，我想和你說一下回我電報的事 —— 在你
回覆我的電報前面寫上「電報已收到」，就可以像我的電報一
樣免費了，這是我的免費郵寄特權。照顧好自己的身體。和
鄉下的朋友好好玩。如果有什麼需要我做的，請馬上發電報
給我。

　　我們是愛的一家人。

深愛著你的<br>父親

---

012　伊蒂絲‧洛克斐勒‧麥考米克（Edith Rockefeller McCormick）是老洛克斐勒的第四
　　個女兒，生於 1872 年 8 月 31 日，卒於 1932 年 8 月 25 日。

森林山

星期日

1892 年 2 月 14 日

親愛的父親：

　　下次您寫信給辛克萊先生時，請一定要說清楚愛德華將全權負責勞役馬匹的事務。前幾天，辛克萊先生與愛德華討論一匹病馬的事。愛德華告訴辛克萊先生，所有的馬夫都認為那匹馬工作沒問題，然而他卻回答說，他不在乎別人說什麼，他們捆在一起也沒他懂的多。我提這件事，只是想請你明確告訴辛克萊先生，誰有權管理這些馬匹。昨天上午氣溫在攝氏零下 12 度多一點，非常適合滑冰，所以格蕾絲（Grace）和我早餐過後就去滑冰了，她滑了兩個小時，玩得非常開心。下午的時候，就有近 50 人來這裡滑冰了，但是沒有我們的朋友，傍晚十分，他們仍舊在那裡高興地玩著。

　　幾天前，在我砍伐一棵枯樹的時候，有一隻貓從裡面跑了出來。我就一直在想，那一定是一棵梓樹（梓樹英語為「catalpa」，而貓的英語為「cat」，這兩個英語詞形有關聯，所以作者有此判斷 —— 譯者注）。

　　我想對您說，我非常感激您費盡周折、不吝金錢地安排我到這裡過冬，我無以言謝。

　　我感謝上帝讓我擁有這樣的母親和這樣的父親，我向上天祈禱，無論斗轉星移，為了回報他們為我所做的一切，或者至少向他們表達我的感恩之情，一定要讓我能夠有機會報答他們。

有人告訴我，在《東區訊號》（*East End Signal*）報上有一篇文章，作者代表克拉默（Collamer）年輕人對您表達感激之情，感謝您讓他們在湖上享受到滑冰的樂趣。

　　我會找到這篇文章寄給您的。愛德華跟我說，有很多男孩請求您在離開這裡之後，仍允許他們到這湖上玩，而且他們已經和愛德華談過這件事了。拿您的話來說，這又是一個「樹立形象」的事件。

　　希望您度過一個愉快的旅程，且已經到達了紐約，和來時的心情一樣不差。有您和媽媽在這裡真是太好了！

愛您的<br>約翰

百老匯大街 26 號

紐約

1892 年 2 月 17 日

親愛的約翰：

　　你 14 日發出的信在昨日如期收到，我和媽媽在馬車上讀了你的來信，看到你信中的每句話，我們都高興的不得了。可以肯定，你對我們表達的感激之情，足以償補我們曾為你努力的一切，而且對你日常生活中的表現，我也難以表達謝意，我相信日後需要更多依賴你的時候，你也不會讓我們失望。

　　在這週一，我寫給辛克萊先生一封信，內容如下：

　　「我希望愛德華全權負責牲口棚和房屋、馬匹及與此相關的工作。我想這一點，去年六月分的時候就已經明確了。」

　　我們回來的旅程很順利，到家稍微晚一些。這裡的天氣一直不錯，很適合滑冰，但是和我們一起的，只有幾個朋友喜歡滑冰。我們在這裡都很開心，如果有你在，我們會更加快樂的；但是我們更希望你待在那裡，我們相信這樣對你最有利，因此這也是我們的最大心願。

　　禮拜日的兩次布道[013]都很精彩，公司進展順利。

　　自從回來之後，我貸了幾筆款，投資了幾項很有前途的新項目。

愛你的

父親

---

013　在紐約時，洛克斐勒一家加入了第五大道浸禮會。1892 年時，威廉·赫伯特·培里·方斯（William Herbert Parry Faunce）是該教堂的牧師，後來出任布朗大學的校長。

親愛的父親：

　　我的錢快花光了，寫信求援，能否寄給我 100 美元？

　　布置房間時欠了許多小帳，這個我能支付，就不必麻煩您來操心這些小事了。當然，布置房間時欠的大宗帳單，我會寄給您的，您曾經說過我可以這樣做。

　　我們在這裡滿好的，非常開心。這裡的同學對我們都很友善，尤其是在我們需要指導和建議的時候，他們都會盡力幫助。我想我們已經見過 50 多位阿爾發‧德爾塔‧斐兄弟會（Alpha Delta Phi Society）的成員了（「阿爾發‧德爾塔‧斐」名稱取自於三個希臘字母「α，δ，φ」—— 譯者注），因此，我們已經申請加入這個協會了。幾天前的一個晚上，我和萊弗茲對兄弟會成員的表現有點迷惑不解，但我們什麼也沒說。這些兄弟會成員在離開我們房間之後，又去了其他新生的房間，他們和新生嬉鬧得太過分，結果五個人被停學了，其中還有兩三個可能會被開除。

　　安德魯斯校長[014]人很好，很適合他所從事的職業。他找這幾個人談了話，沒講什麼大道理，就像話家常，他的這種方式非常得體，幾個學生沒有感到一點點的傷害。我們班自從人學

---

014　1893 年秋，小洛克斐勒進入布朗大學。他在布朗大學的好朋友：萊弗茲‧達希爾（Lefferts Dashiell）、艾弗雷特‧科比（Everett Colby）和阿奇博爾‧麥克萊夫（Archibald McClave）。E‧班傑明‧安德魯斯（E. Benjamin Andrews）在 1893 年出任布朗大學校長，支持 1896 年總統候選人威廉‧詹寧斯‧布萊恩（William Jennings Bryan），小洛克斐勒選學過他的課程「應用倫理學」。

以來，就是全校最大的班級，全班大約有 175 人。班上有三位黑人學生，外婆也許對此感興趣[015]。不久前的一個下午，我們班舉行了一場祈禱會，如果您在場，您一定會被那種氣氛感染的。在祈禱會結束之前，來自其他三個舉行祈禱會班級的學生，列成縱隊走了進來，嘴裡還唱著「兄弟相愛相親，可知天福已臨」的聖歌（Blessed Be the Tie That Binds）。他們邊唱邊走過一排座位，接著是另一排座位，他們每個人都要和我們班的所有人握手。然後他們圍站在四周，其中一個人開始祈禱，接著說一些我們肩負著的責任之類的話，並告誡我們，如果人們團結在一起，能夠做多大的善事。那種氣氛真是激勵人心。

我們住宿房間的條件很棒，至少我和艾夫住的房間是這樣。住宿費是一週 8 美元，但萊弗茲和阿爾奇（Archie）都住不起那麼貴的房間，他們只好另找別的地方。

我希望森林山家裡的一切都好，也希望您工作別太累。如果今年秋天您能來柏油村（Tarrytown）宅邸[016]住幾週的話，那該有多好啊！

我深愛著你們。

約翰

---

015 外婆露西·亨利·斯佩爾曼（Lucy Henry Spelman）與她的丈夫哈威 B·斯佩爾曼（Harvey B. Spelman）是激進的廢奴主義者。亞特蘭大的斯佩爾曼學院就是以他們的名字命名的。

016 1893 年，洛克斐勒開始在波坎蒂科山區（Pocantico Hills）、柏油村北部和紐約等地購置土地和房屋。購買的第一座房子叫洛克斐勒莊園（Kykuit），原來的木製房屋燒毀後，在原址上建造了一座石頭宅邸，名字沒有改變。最終，洛克斐勒在附近擁有 3,500 多英畝的土地。這處地產是洛克斐勒、他的兒子和 4 個孫子在鄉間的主要居住地。如今，洛克斐勒莊園已獻給了全國文物保護信託基金會（the National Trust for Historic Preservation）。

親愛的約翰：

　　我們非常高興收到你進入布朗大學就讀生涯後的第一封長信 —— 似乎是一個不錯的開端，在讀這封信的時候，我越發確信我們選擇了布朗大學而非耶魯大學是對的 —— 那裡男生夠多，而且我覺得，除了同學們對你和你朋友非常熱情外，班級和諧以及講究道德和信仰的氛圍也是很棒的。我已經把你的來信轉給媽媽了。我們都一遍一遍地讀著你的信，開心極了 —— 很高興看到你一切安排妥當，即將順利地開始大學生活。

　　你一定要保持足夠的飲食營養 —— 不要餓著肚子學習。

　　如果什麼時候你想騎騎馬，我們會把馬匹送過去的。

　　你必須有足夠的戶外鍛鍊。如果你願意，我們可以多送一匹馬過去，讓你的朋友用。

　　下週五我們打算去一趟紐約，拉德姑父[017]將陪我們一起去 —— 媽媽已經安全順利地於週二上午到達了費城。

　　我們又砍伐了一些樹，景致肯定美多了 —— 我們砍掉了房子西南部樹叢中那棵突兀的橡樹、壓蓋著栗子樹的那棵楓樹，以及房前那棵高高瘦瘦的楓樹。

---

017　威廉·卡倫·拉德（William Cullen Rudd）娶了約翰·戴維森·洛克斐勒的妹妹瑪麗·安·洛克斐勒（Marry Ann Rockefeller）。他是克利夫蘭一家雜貨店，也是特產店「錢德勒－拉德公司」的總經理。

　　這裡的天氣清爽宜人，我們過得很開心，我們都融合在親情愛意裡。

愛你的

父親

親愛的父親：

　　再次寫信向您要錢，恐怕您會因此認為我花錢不加節制。但是，我這裡確實支出越來越大，所以才寫信向您要錢。

　　您那 25 美元的支票，我已經送給校長了，他負責轉交給那位貧困學生，這位學生我曾經和您提到過。他本人並不知曉這筆錢來自哪裡，但安德魯斯博士發給我一封感謝短信，接著我就把他的感謝，連同我的感謝一起寄給您了。

　　我們都非常高興安德魯斯博士不會離開，雖然我們也為哈珀博士[018] 和芝加哥大學感到遺憾。

　　我們這裡正在經歷一場大的暴風雪，地面積雪幾乎有一英寸厚，行進相當困難。

　　從媽媽的來信中，得知您在摩里斯鎮（Morristown）過得很愉快，而且現在也感覺好多了，我非常開心。

　　方便的時候，請寄給我 100 美元。

愛您的<br>
約翰

約翰・洛克斐勒與哈珀博士，
於美國芝加哥大學

018　威廉・雷尼・哈珀（William Rainey Harper）博士是芝加哥大學的首任校長。

家
西 54 街 4 號
紐約
1895 年 1 月 26 日

親愛的兒子：

按照你的要求，隨信附上 21 美元的支票，作為你 21 歲的生日禮物，1 歲 1 美元。

如果我們大家能夠在家裡一起慶祝你的生日，該有多開心啊！但是我覺得根據你目前的情況，你還是待在學校比較好，因為你已經落後很多功課了。

我無法告訴你，從你的身上我們獲得了多少快樂，對你的未來我們寄予了多少厚望。

我們感到無比欣慰的是，你帶給我們希望。你的人生不僅激發了我們的信心，也激發了你朋友和相識的人的信心，這個價值遠遠超過塵世間的任何財富。

我們一起祈願，今天以及以後的日子裡，你會好運連連，而且我們非常高興，你從自身經歷中，懂得個人的好運是與樂善好施分不開的。但我這不是說教，只能算是一位深情的父親，對他無比摯愛且唯一的兒子，在他 21 歲生日時說的一句良言。

約翰·戴維森·洛克斐勒

親愛的父親：

　　我想再次感謝您上週寄給我的那張支票，以及隨附的信件。

　　如果我的人生能夠帶給您們快樂，我感到更快樂，實際上我帶來的快樂還不夠。即使我做得比現在好上千萬倍，也無法償還您為我所做的一切。

　　我非常開心，您說我的人生激發了您的信心。我覺得我對自己的信心還不足，但是您卻對我信心滿滿，這將促進我更努力地走好我的人生之路。

　　親愛的父親，請您放心，我最大的快樂將永遠是竭盡全力讓您和媽媽幸福，不僅要保持潔身自好，還要為您創下的光榮而高尚的榮譽增光添彩。人們常說：長江後浪推前浪，但除非我有您一半的慷慨、一半的無私、一半對同胞的熱愛，否則我會感到我在虛度人生。

愛您的
約翰

羅德島普羅維登斯

1897 年 4 月 2 日

親愛的父親：

幾天前，美國浸禮會國內布道會的莫爾豪斯博士[019]來電問我是否願意承擔該會理事會的理事一職。

我感謝他給我這個榮譽，並且說，我當然願意為慈善、濟困或基督教組織做點什麼，我會像做事業一樣竭盡所能地去做。我還跟他說，今年過後，我很想做的第一件事情是幫助您，只要您認為合適，無論是在什麼樣的職位。因此，最後我跟他說，我的時間是屬於父親您的。

如果還有其他什麼類似的組織，我可以參加，並更能代表您及您的意願，我就不考慮莫爾豪斯打來的這個電話了。如果沒有，而且您很高興、希望我成為該會理事會成員，那我將榮幸地接受他們的邀請，儘管我發揮作用還有待時日。

從我個人角度來說，我對「城市宣教團」的工作更感興趣，他們理事會會議每月只有一次，這樣也不影響我的其他工作。

您了解不同的基督教和慈善機構。我想參加的組織必須是能最大發揮慈善作用，並最大程度地協助您事業的那種組織。因此，無論您做出怎樣的決定，我都會欣然接受的。

方斯先生也寫信來問同樣的問題。

愛您的約翰

---

019 亨利·莫爾豪斯（Henry Morehouse）博士執掌浸禮會國內布道會，他創建了美國浸信教育協會（the American Baptist Education Society），並對芝加哥大學的創辦有重要的作用。

親愛的父親：

　　回到辦公室[020]後，我發現我有太多的事務需要處理，結果就不能及時寫信給您了，但是我腦子裡每天都在想寫信給您。我還想告訴您，我們的西部之旅[021]讓我永生難忘，我非常珍惜這樣放鬆和調整的機會。這次旅行比我原想的夏日休假要長，但是我覺得非常受益，讓我更有精力重新投入工作。因此，這看似較長的休假，實際上是節省時間。我寫信表達我發自心底的感謝，感謝您給我太多太多別人兒子無法收到的父愛。感謝您一直以來對我充滿信心，這種感激我無以言表。我將用我的人生去證明您對我的信任。

深愛您的

約翰

---

020 1897 年 10 月 1 日，小洛克斐勒開始在父親位於百老匯大街 26 號的私人辦公室工作。和他一起工作的員工有：施賑員兼財務顧問弗雷德瑞克・蓋茲（Frederick T. Gates）；洛克斐勒的私人祕書喬治・羅傑斯（George D. Rogers）；簿記員兼會計卡里（E.V. Cary）；採購員阿爾瓦・詹金斯（J. Alva Jenkins）；小洛克斐勒的私人祕書查爾斯・海特（Charles O. Heydt）。後來，小洛克斐勒曾說，他並沒有什麼明確的職責，但發生問題，他卻要承擔責任。

021 1889 年夏季，小洛克斐勒和朋友一起到大西部和阿拉斯加進行了一次歷時較長的放鬆旅行。

森林山
俄亥俄州克利夫蘭
1899 年 7 月 10 日

親愛的約翰：

　　7 日來信收悉。我們很高興你假期過後感覺良好，我們都希望你據此保持最佳狀態，多放鬆休息，該調整時候調整。看了你做的旅行計畫，並以如此愜意的方式完成，我們非常開心，對此我們也深表感激。

　　我們從你身上得到了回報，10 倍於我們的付出。信心是一種慢慢生長的植物，但是在你的身上多年前就已枝繁葉茂了。我們無限欣慰的是，我們可以毫無保留地給予你任何信任。

　　一定要照看好自己的身體，這是最重要的。我們都愛你，希望儘早見到你。

愛你的
父親

西 54 街 4 號
紐約
1899 年 11 月 11 日

親愛的父親：

　　這週主要因為我而給您帶來很大的焦慮和壓力[022]，但您還是那般的寬宏、耐心和慈愛，在此我想說謝謝您。大多數父親對此早就暴跳如雷了，即便是那樣，也在情理之中。您的寬容和仁慈，讓我深深感覺到我從您那裡學到了更多。我寧願砍掉右手，也不想讓您遭受這種焦慮。自從進入這間辦公室，我就暗下決心，一定盡可能地讓您從長久以來的重負中解脫。現在意識到，不但沒有減輕您的負擔，反而某種程度上增加了您的壓力，我感到十分痛苦，有辱門庭。我實實在在地努力了，儘管沒有成功。我想完全承擔我犯的錯誤，接受我該受到的懲罰。我最珍視的是您給我源源不斷的信任，藉此我應該再次振作，用實際行動而非語言來回報您的寬容。這是很慘痛的教訓，但它有助於我將來避開更慘痛的遭遇。

愛您的
約翰

---

022 1936 年，小洛克斐勒寫道：「我於 1899 年 11 月 11 日寫給父親一封信，在信中談到了皮革生意失敗的事情。那是在波坎蒂科山莊的一個晚上，我告訴父親我皮革生意失敗了，我無辜地陷入了『華爾街之狼』大衛·拉瑪爾 (David Lamar) 的圈套，損失了幾萬美元。父親知道這個情況後，主動為我承擔了損失。」

百老匯大街 26 號

紐約

1901 年 3 月 16 日

親愛的父親：

隨信附上馬勒（Muller）醫生最近的來信。總體來說，信中所言令人鼓舞，使我們對他給予阿爾塔的治療方案[023]充滿信心。似乎對我和帕馬利來說，我們現在想做的，就是請他給出一個關於治療費用的具體數目，包括過去和將來的治療。否則，若按照已經支付治療的 4,000 美元或 5,000 美元的費用結算方式繼續治療下去的話，這位醫生很可能無限延長治療時間。您上次寫給那位醫生的信很有理，所以這次由您回信給他也許更恰當。

布拉德修（Bradshaw）上校已經花了 45,000 美元購買克拉夫林（Claflin）在雷克塢（Lakewood）的地產。克拉夫林已經後悔了，但是他已經收了分期付款的 1,000 美元，這樁買賣無法反悔了。H·M·蒂爾福德（H. M. Tilford）先生似乎想購買這塊地產[024]，但沒人知道您也想購買。布拉德修上校說他已經和您達成協議，如果您同意那個價格的話，克拉夫林地產後面的某些地塊得賣給您。克拉夫林先生已經試圖從布拉德修上校那裡購買這些地塊了，上校說別人也可以買這些地塊，但這件事得

---

023 阿爾塔·洛克斐勒·普倫提斯（Alta Rockefeller Prentice）是約翰·戴維森·洛克斐勒的女兒，1901 年 1 月 17 日嫁給一位芝加哥的律師 E·帕馬利·普倫提斯（E. Parmalee Prentice）。他們的第一個家在西 53 街，與洛克斐勒西 54 街的家毗鄰。他們育有 3 個子女。1901 年時，阿爾塔因耳失聰接受治療。

024 洛克斐勒購買紐澤西州雷克塢地產，主要是想每年能有更多玩高爾夫球的時間。這是克利夫蘭和紐約之外的第二處地產。

等您回來再定。

今早收到您的電報，讓確認向基督教青年會（YMCA）捐助 250,000 美元的事。我非常高興您仍然熱衷於此。

鮑爾斯先生 [025] 來信說「克利夫蘭鋼鐵公司」1 月分盈利 11,000 美元，且希金斯（Higgins）先生認為 2 月分也會有不俗的表現。鋼板的購買和銷售齊頭並進。從現在到 6 月（也包括 6 月），我們主要出售一些材料，5、6 月分可以稍提價格，因為這時運費高。工廠不分晝夜運轉，且從各方面考慮，一切順利。

*深愛您的*
*約翰*

---

025 拉蒙特·鮑爾斯（Lamont Bowers）是弗雷德瑞克·蓋茲的叔叔。他加入洛克斐勒的公司，主要負責貝西莫輪船公司（Bessemer Steamship Company）在 5 大湖區的業務。後來他又擔任一些其他職務，包括科羅拉多州燃油與鐵礦公司（Colorado Fuel and Iron Company）的總裁。

百老匯大街 26 號
紐約
1902 年 1 月 13 日

親愛的父親：

　　那天晚上我剛好在家，您告訴了我過去一年應得的薪資，聽到這個數目時，我驚訝地屏住了呼吸。我無法說出內心的感激，這是您對我的厚愛，對我更深的信任。

　　我並沒有感覺到，我為您所做的值每年 10,000 美元的酬勞。我一直認為自己能力平平，但我無需向您保證，即便能力平平，我也全身心地、忘我地獻身於您的大業。因此，無論現在，以至永遠，您可以像您一直以來那樣信任於我。

　　考慮到去年我承擔更多的家庭事務和責任[026]，這種收入的增加讓我感到欣慰。我只想說，謝謝您，我會加倍努力為您分憂，以示感恩。

深愛您的
約翰

---

026　1901 年 10 月 1 日，小約翰·戴維森·洛克斐勒在羅德島州沃威克（Warwick）與艾比·格林·歐德利奇（Abby Green Aldrich）喜結連理。他們育有 6 個子女：艾比（芭布斯）·洛克斐勒·密爾頓（Abby (Babs) Rockefeller Mauze），約翰·D·洛克斐勒三世（John D. Rockefeller 3rd），納爾遜·歐德利奇·洛克斐勒（Nelson A. Rockefeller），勞倫斯·斯佩爾曼·洛克斐勒（Laurance S. Rockefeller），溫斯洛普·洛克斐勒（Winthrop Rockefeller），大衛·洛克斐勒（David Rockefeller）。他們最早期的家都位於紐約西 54 街 13 號以及紐約波坎蒂科山的阿比頓山莊（Abeyton Lodge）。

親愛的兒子：

　　你 5 日發出的信已收悉，上面提到了關於波坎蒂科的房子問題。

　　從今以後，你就不必再支付那房子的維護費用了。按照你的建議，去年未用的看護人薪資可用於房屋維護。房屋周圍地面及花草的維護費用，我來支付。如果你覺得這樣做完全可以的話，按照你的建議，你也許還需繼續支付托尼一半的薪資，畢竟他在這座房子裡為你服務。

　　你和艾比都喜歡那個地方，我非常開心。我發現我在那裡待著的每一天都讓我與那裡增進一份情感，我也不願意離開那裡。現在我又迷戀上森林山老房子，雖然很忙，但身體出奇得好，塔特爾（Tuttle）夫人 [027] 也說，我現在做的工作是她以前在這裡時所做工作的 2 ～ 3 倍。這是正骨療法！正骨療法！正骨療法！

　　今天是一個安順寧靜的日子，大家在幫我慶祝 66 歲生日。5 點時，會有一個 35 人的義大利樂隊來表演，但只有為數不多的幾個朋友會來參加。我多麼希望你們兩個能和我們一起慶祝我的生日啊！

---

027 塔特爾夫人是森林山和百老匯大街 26 號之間的報務員。

伊蒂絲的小孩也在這裡，她可愛極了。[028]

我們都愛你和艾比。

深愛你的

父親

---

028 1895 年 11 月 26 日，約翰·戴維森·洛克斐勒的女兒伊蒂絲·洛克斐勒嫁給了哈樂德·富勒·麥考米克（Harold Fowler McCormick）。1905 年 4 月 8 日，他們的女兒瑪蒂爾達·麥考米克（Mathilda McCormick）出生。他們共撫養了 3 個子女：小哈樂德·富勒·麥考米克（Harold Fowler McCormick, Jr.），穆里爾·麥考米克·哈伯德（Muriel McCormick Hubbard），瑪蒂爾達·麥考米克·奧澤（Mathilda McCormick Oser）。

百老匯大街 26 號
紐約
1906 年 12 月 31 日

親愛的父親：

　　前不久，您和我說過您有一個想法，要創建一個大的信託
基金會，並可能投入大筆資金，主要用於慈善、教育、科學和
宗教事業。當時我就有個疑問，有可能召集到這些人嗎？他們
對如此眾多的不同行業都了解，且又都有興趣。因此，這裡我
想提一個可供選擇的建議，這也是我和蓋茲先生和墨菲先生[029]
多次討論的結果。

　　這個建議就是，您可以建立幾個信託基金會，在現行國家
或聯邦法律範圍內組成公司，如果再理想一點，可以向州或聯
邦政府申請特許。

　　這些不同基金會成立統一的受託管理委員會，由蓋茲先
生、墨菲先生和我作為核心，再吸收兩位成員，構成管理整個
公司的五人委員會，分別負責每個基金會。這樣就可以儘早建
立這個不同信託基金會組成的公司，很快您就可以把您想投的
資金轉到這些不同信託基金會了。

　　想成立一個管理這些基金會的恆定機構也不著急，我們可
以慢慢來，物色人選來負責每一個基金會。這種事不能太心
急，或許需要幾年思索和研究。

　　在您分別給予這些信託基金會的捐贈證書上，可以載明，

---

029　1901 年斯塔爾·J·墨菲（Starr J. Murphy）身為內部法律顧問加入了洛克斐勒公
　　司。他對洛克斐勒的潛在捐贈對象進行過大量調查。

在您有生之年，您永遠擁有一票否決權。如果您願意的話，這個權利可以傳承給您的兒子，雖然我也考慮到，這樣要求有可能減弱基金會的積極性，也使他們減輕了責任。在遙遠的將來，您必須依靠那些品行端正、誠實正直的後人。您或您的家人挑選的人毫無疑問和那種任命選擇的人一樣值得信賴，這樣想也沒什麼不妥吧？

這種機構形式有如下幾個優點：

1. 可以迅速啟動，能夠儘早讓您按照自己的想法把捐贈分配給各個信託基金會。

2. 可以省略繁雜的事前準備以及委員會成員的挑選。

3. 您擁有一票否決權，可以保持局勢穩定。就像現在一樣，基金的分配仍透過您的辦公室，還是由您決定這些基金的最終用途。

我們建議，按照以上原則成立下列信託基金會，根據它們的重要性逐一論述：

## 1. 建立促進基督教文明的基金會

您每年透過美國浸禮會差會 (American Baptist Missionary Society) 把款項捐給基督教青年會 (the Young Men's Christian Association) 海外工作部，以及近年來特殊捐贈給公理會國外宣教會 (Congregational Board of Foreign Missions)、聯合長老會外國傳教團委員會 (the United Presbyterian Board of Foreign Missions)、基督教青年會海外建築工程部，現在您只需透過我們

這個基金會，便可以實現以上所有捐贈。每年 500,000 美元的資金可能也不夠資助這些項目。此外，透過各自委員會接觸到所有教派在國外的傳教活動，還可以接觸基督教青年會、教育領域，以及其他所有值得捐贈的海外慈善或社會活動。基金會成立的目的絕非短期偏狹，只要這個世界存在，基金就能相應地廣泛、有效分發利用。

除了您辦公室的這三個人，我們還建議約翰·羅利·莫特（John R. Mott）先生加入這個基金會，因為他是基督教青年會的成員，他或許比世界上任何人都精通神學及基督教工作，或許將來的某一天，他會成為基金委員會的祕書，並全身心地執掌這項工作。還有一個人就是羅伯特·E·斯皮爾（Robert E. Speer）先生，他是長老會外國傳教團委員會的祕書，他在能力、教育程度、眼界，以及同情心方面，僅次於莫特先生。其他成員的挑選一定要十分謹慎，不能操之過急。

我們認為，這個基金會最開始成立可能需要 25,000,000 美元。正如我所說過的，這些資金一半將用於您目前的捐贈項目。

## 2. 建立促進美國基督教文明的基金會

這個基金會與促進國外基督教文明的基金會相類似。這個基金會的收入將用於捐助您目前正在捐助的浸禮會全國布道會，以及城市布道會和各類州議會。而且對教堂的捐助也可能出自於這個基金，對國內基督教青年會的捐助以及對各種形式

的社會慈善活動捐助，也在此基金範圍內。上述這些捐助，5,000,000 美元可能不夠，10,000,000 美元也許能夠滿足。

關於這個基金會的成員，除了您辦公室的那三人外，我們還沒有其他人選。

### 3. 負責芝加哥大學、普通教育委員會、洛克斐勒醫學研究院所需基金的信託基金會

芝加哥大學至少需要 10,000,000 美元，普通教育委員會需要的資金也差不多是這個數目[030]，洛克斐勒醫學研究院[031] 需要的資金大概不低於 5,000,000 美元。因此，我們建議這個基金會的預算為 25,000,000 美元。

不像其他基金會那樣，這個基金會不需要是永久性的，但是在捐贈證書上可以載明，在一定時期內，比如說 25 年內，基金會的收入以及大部分基金的使用，應該按照以上所述的三個機構創辦時的原始基金比例分配。

關於這個基金會的成員，除了辦公室那三個人外，我想到了哈樂德和帕馬利，或者不用帕馬利，而用芝加哥大學的瑞爾森 (Ryerson) 先生。瑞爾森先生非常適合這個職位，但問題是基於他和芝加哥大學的關係，他不會接受。我們認為，這三個機構中不應該有人參與這個基金會的創立，因為他們都是利益

---

030 1903 年，普通教育委員會獲得國會特許狀。其宗旨是為美國各個層級的教育提供資助，但是在美國南部，它更注重黑人教育。它的最後一次捐贈是在 1964 年。

031 洛克斐勒醫學研究院成立於 1901 年，是美國第一家只做生物醫學研究的機構，現在已經是洛克斐勒大學。

相關者，所以基金會成員不宜過多，某種程度來說，限於家庭範圍內最好。

這些就是我們大致的想法，供您參考。無論這些想法有多少得到了您的首肯，我們都會把您同意的那些意見做深入研究，以便制定出明確和具體的方案。

深愛您的
約翰

紐約
1907 年 1 月 15 日

親愛的兒子：

我剛剛讀了你 12 月 31 日發來的信，提到成立不同目的的信託基金會的事。

我會仔細研究一下這些建議的，不過我相信某些問題按照你們這些思路是可以解決的，你繼續推進是很穩妥的。

深愛你的
父親

森林山
俄亥俄州克利夫蘭
1907 年 9 月 18 日

親愛的兒子：

　　請把 500 股標準石油公司的股票轉到伊蒂絲的名下，500
股轉到阿爾塔的名下。轉了之後通知他們。同時，你最好也轉
500 股到你自己的名下，所有這些做完之後，告訴我一下。

深愛你的
父親

　　附言：當然，要不是股票現在看起來一錢不值，而我又想
撈取慷慨救人的功勞，我是不會給你們任何人股票的。但是，
沒和我商量之前，請不要拋售。

親愛的兒子：

　　我需要了解關於丹佛 —— 里約 · 格蘭德鐵路公司（Den-ver and Rio Grande Railroad）的票據[032]和合約，但是亨利 · 庫柏（Henry Cooper）[033] 不在辦公室，必須等他回來才能看到。

　　請安排一下，確保在掌控這類重要檔案的人不在的情況下，別人在辦公室也能查閱得到。

深愛你的
父親

---

032 洛克斐勒購買了大量丹佛－里約 · 格蘭德鐵路公司的債券。

033 亨利 · 庫柏是小洛克斐勒在布朗大學時的朋友。他在 1907 年到 1912 年間就職於洛克斐勒公司，是投資委員會的主席。

百老匯大街 26 號

紐約

1908 年 7 月 30 日

親愛的父親：

您 27 日發來的信收到，信中談到您想查閱丹佛 —— 里約·格蘭德鐵路公司的票據和合約，但由於庫柏先生不在，您就無法看到這些資料。

勞瓦特（Lovatt）先生去卡里先生那裡要這些資料了，卡里去檔案裡找了這份合約。但您要的資料並不在合約中，您要的資料只能向銀團經理申請。卡里打電話給馬其頓（Marston）先生辦公室要這些資料，但馬其頓先生出城了。我想卡里也就只能做到這一步了。

所有購買與銷售活動，或我們辦公室任何人起草的合約，都由卡里統一管理，他那裡有所有相關的資料，他那裡該有的，您都可以查得到。我們的管理體系是很完備的。

深愛您的

約翰

親愛的兒子：

　　非常感謝你買給我的毛皮大衣、帽子和手套。我覺得這些對我來說有點奢侈，謝謝兒子買這些東西給我，我很喜歡。媽媽也說謝謝你。

深愛你的
父親

百老匯大街 26 號
紐約
1909 年 1 月 29 日

親愛的父親：

　　像往年一樣準時，我又收到了您寄來的生日支票，對此我無限感激，您太細心了。謝謝這份禮物，它又勾起了我內心深處的記憶。

　　就像幾天前和您說的那樣，您為我和我的家庭不斷付出，並給我們帶來快樂，但我卻覺得我還沒有向您表達出那種謝恩之情。您給我們在這座城市安了家，而且還那麼舒適、美麗和珍貴。不僅如此，您還在鄉下為我們購置了家園，我們可以隨時去那裡尋找溫暖，我們都非常喜歡。另外，波坎蒂科[034]這個安家之地，我們也鍾愛有加，因為我們有機會和您一起參與這裡的管理和開發，這對我和艾比來說，是最大的快樂和趣事。您願意和我們分享這種快樂和榮譽，我們感激不盡。無論冬夏，我們可以隨時騎馬，真是方便極了，這是多大的樂趣啊！也許只有到某一天我們失去了它，才知道家的意義。[035]

　　另外，除了在耶誕節和生日時給我們這些孩子大量的禮物外，您每年都還給我們零用錢，而且，您讓後來的媳婦和女婿

---

034 1896 年，約翰·戴維森·洛克斐勒在紐約波坎蒂科山區購置了他的鄉間宅邸，這是山中一座叫基奎特的大房子，可以俯瞰哈德遜河。購買此處房產之後，他不斷向周圍擴張，到 1937 年時他已擁有 3,500 英畝的土地。1904 年，原來的房子在火災中化為灰燼，在原址上又建了一座石頭房子。他一開始建了一個 4 洞的高爾夫球俱樂部，後來又改造為 18 洞的標準球場。

035 小洛克斐勒和他的家人常在這塊地上的另一個大房子裡度過週末。這座房子購於 1904 年，經過大規模改造。1937 年老洛克斐勒去世後，小洛克斐勒和妻子搬進了基奎特，他們原先住的房子也拆除了。

們，也與您自己的孩子一樣享受著這些待遇。

　　上面說到的這些，只是您給我們饋贈的一部分。每每想起在過去的幾年中，您把大片價值連城的房地產所有權轉交給我，我就越發感到您的慷慨之重。在這些有形的物質饋贈之中，是那些最珍貴的東西 —— 是的，是無法估價的 —— 您不斷洋溢出對我們的愛、信任和深情。

　　每當我試圖表達這些情感的時候，雖然顯得無力，我也是在向媽媽表達，因為，您們不是一體的嗎？

　　所以，您看到，在生日的今天，我思考自己幸運的人生，就像每次進行自我審視一樣，我發現自己擁有的實在太多，真心感謝上帝給我如此的厚愛，讓我擁有如此慷慨仁慈的父母。

　　我每天祈願，上帝會賜予我力量，完成祂交給我的任務，不愧對那些施予我摯愛和信任的親人們。

　　我深深地感謝和愛著您和媽媽。

深愛您的<br>
約翰

百老匯大街 26 號

紐約

1909 年 2 月 1 日

親愛的父親：

　　我剛剛瀏覽了一下我結婚後這些年來的帳目。您說您想了解我一年左右的總支出情況，我想您或許願意看一眼這個帳目，我影印了一份給您，隨信附上。[036]

　　我對去年我個人的總支出大幅上升也感到驚訝不已。去零留整，增加部分是 19,000 美元。造成支出增加，基本上是以下六個項目：

1. 夏季花費是從我的個人帳戶支出的。這部分費用比去年增加了 3,000 美元，一部分原因是在巴哈伯（Bar Harbor）房屋[037] 等費用比以前高，還有一部分原因是我買給艾比禮物。

2. 在捐贈支出上，有 9,000 美元的增加。我對此也很吃驚，不過，這些錢都用在正道上了。總數確實遠遠超過我原來的計畫。

3. 維護費增加了 1,000 美元，主要用於冰場、燃煤、照明等類似項目的費用。

4. 餐飲費增加了 2,000 美元。一方面，我們家的人口比以前

---

036　小洛克斐勒 1908 年的全年總支出為 65,918.47 美元。

037　小洛克斐勒連續幾個夏季在麻薩諸塞州（Massachusetts）沿海租住別墅，並在這之後的 1908 年，在緬因州巴哈伯租住西爾斯小屋（Sears Cottage）別墅來避暑。他的兒子納爾遜·歐德利奇·洛克斐勒就是在這裡出生的。1910 年，他買下了緬因州海豹港（Seal Harbor）的一棟房子「高山城堡」（Eyrie）。1910 年以後，小洛克斐勒一家大多在海豹港避暑。此房屋於 1961 年拆除。

多；另一方面，食物的成本也比以前高了。

5. 工人的薪資支出增加了 2,000 美元。我們家現在僱傭了兩位 24 小時的專業保母，每人薪資每月 100 美元。去年我們又增加了一位管家，薪水是每月 50 美元。去年夏天，在艾比養病期間，又額外僱傭了一位特殊護理保母。柏油村的房子全年都有人，除了兩個僕人外，還有一個黑人和看門人，他們也都需要支付薪水。

以上這些費用造成了支出的大幅增加。

我個人支出還包括所有的旅行活動、買給艾比的禮物、我自己的服裝，以及其他一些無法歸類的費用。

雜費包括一些禮物費用、我們自己買的東西，比如書、藝術品、醫藥費（去年醫藥費支出高達 2,000 美元）等等。

深愛您的
約翰

朋艾爾酒店
喬治亞州奧古斯塔
1909 年 2 月 2 日

親愛的兒子：

　　收到你 29 日發來的信，我們非常欣賞你信中清晰的表述。謝謝你以及艾比和可愛的孩子們，每當看到你們對我們現在的表現，我們就感到安心和精神倍增。我們越來越依賴你們了，你們無時無刻關心我們的健康和幸福，我們無法用語言表達感激。

　　現在有，將來更會有很多事業等待你去做。我們現在最關心的是，你要越來越有能力承擔這些特殊使命，對此你已經展現出卓越的素養。

　　我們一切安好，我們愛你。

深愛你的
父親

親愛的父親：

您 3 月 15 日發來的兩封信都收到了。其中一封談到那一大片地產，其中一部分已被洛克斐勒研究院（Rockefeller Institute）購買，你將把剩餘土地的繼承權贈授予我；另一封信寫到把亞麻籽油公司的股份給我，而在此之前，您已經把布法羅的產業給我了。這些饋贈換成金錢，數額龐大，應該是百萬、千萬美元之巨，我一點也沒小看它的價值。但是，對我來說，這些饋贈的最大價值更在於，它們證明了您對我的深深信任，讓我按照上帝指引的、和父母也會贊同的方式去掌控我的人生、運用我的機遇和管理我的財富。這種信任超越一切，我每天都在努力工作，唯恐辜負您的期望。

親愛的父親，我真的謝謝您。當我掂量這些禮物的分量時，一種莊嚴，一種責任，幾乎是一種敬畏之情遍布全身，我的心向上帝默默祈禱，希望他教導我成為像父親那樣善良誠實的僕人，讓我每天都能更為父母分擔，使他們安慰，因為他們一生都在為子女操勞。

深深地愛您。

約翰

書信

百老匯大街 26 號
紐約
1909 年 3 月 19 日

親愛的父親：

　　您打算把洛克斐勒研究院占地之外的那片剩餘地塊以及亞麻籽油公司的股權贈授予我 [038]，但有兩個與此相關的問題需要研究和解決。我相信，您會同意我以如此冷靜的方式與你討論這些問題，雖然好像這些饋贈是給別的家庭成員似的。我還相信，您也不會認為我這種態度是缺乏謝意和感恩的表現。您曾經也表達過要把河畔（the Riverside）地產贈予伊蒂絲，但您也清楚維持這份地產的費用是非常高的，因此您本人也說，應該想個辦法不使這份地產成為伊蒂絲的負擔。所以，在這封信中，或許接下來的信中，我希望您會接受我所表達的真正意圖。

　　首先，關於洛克斐勒研究院毗鄰的那片地塊，我知道，您之所以贈授予我，是因為您想表達對我深深的信任和父子深情。雖然您沒有直言，但我能推斷出來，您希望這些地產由您的後人繼承，以便滿足洛克斐勒研究院或其他類似慈善機構的需求，因為這些機構再過幾年很可能進一步發展，還需要土地。我想您做此決定，絕沒有考慮這片地產能否帶來收益或轉為現金的事，因為即便這些地塊得到充分利用，那也是多少年

---

038 洛克斐勒把美國亞麻籽油公司（American Linseed）的 88,400 股普通股和 101,800 股特別股送給了小洛克斐勒。在回覆父親饋贈的感謝信中，小洛克斐勒寫到，公司的淨值達 6,400,000 美元，每股特別股市值為 40 美元。

之後的事了。您現在擁有的這片地產，光今年稅就高達 9,000 美元左右。

　　如果我剛說的這些想法沒錯的話，您是否願意像過去一樣，支付將來的這片地產稅呢？雖然這片地產或許在我的名下。

　　還有，前不久，我寫信跟您提到過，經過我們的同意，研究院正在努力準備收購 65 街，這條街歸市政府所有，而且從來沒有開放過，一直處於關閉狀態。如果可以購買的話，也肯定會成功的，我們將會向您申請資金，研究院將用這部分資金先購買緊靠它的 65 街毗鄰地段，而且，我們一直在想，身為地產擁有人，為了您自己的利益，您也會願意購買與您地產交錯的 65 街上剩餘地段的。研究院和您的這樁購買，總金額大概在 50,000 或 60,000 美元，您持有其中 2/3 或 3/4 的土地擁有權。很明顯，如果我買了這塊地產，我也投資不起，但是，從這塊地產收益來看，投資應該是值得的。

　　另外，幾天前，我寫信給您時談到，經過我和墨菲先生認真商議，他正在起草一份檔案，等您簽署，檔案規定研究院與其他購買者一樣，有權在同樣價格上購買位於西面寬度為 75 英尺長度與新醫院樓房長度相同的地塊，主要是為了確保醫院有充足的陽光和新鮮的空氣。鑑於您提到把這塊地產轉至我的名下，今天我與墨菲先生進行了討論，還是覺得此時由您把這 75 英尺的地塊直接賣給研究院，而不是簽署上面提到的協定更合適些。我很贊同這種做法，因為這樣做就能夠永久性地解

決醫院所擔心的擋光等問題了，而且避免在您永別人世之後，甚或我永別人世之後，您的後輩繼承人為此事再起爭端。而且到那時，您所期望完成的目標很有可能被耽擱或受挫。如果您現在把那片地塊賣給研究院，您所擁有的地產就相對減少，那麼此後我們所交的賦稅也會相應地減少。

我提出的這些建議供您思考，我們也在想解決方案。在決定之前，我不會草率進行操作的。

關於亞麻籽油公司，您希望把股權移交給我，從法律角度來說，您只需把您保險庫裡的股票給我。這些股票是在勞瓦特先生和其他股票經紀人的名下，並沒有在您的名下，所以股權並不需要移交。墨菲先生建議，您寫封信給卡里先生，指示他把這些股票交給我，我再把這些股票保管在我的保險箱裡，饋贈移交就算完成。最好您也寫封信給我，表明您已經按照 3 月 15 日信中所表達的意願，指示卡里先生把亞麻籽油公司的股票移交給我。

自從您接管亞麻籽油公司以來，您一直注入營運資金給公司，而且還都是未結帳目，您既沒有收到保證書，甚至也沒有收到亞麻籽油公司的票據。時不時的付款收據就是您身為債主的全部證據，只要您對該公司保有控制權，您完全可以追索回您的借款。但是我和墨菲還是認為，最好每次墊付資金時都立下憑據，憑據後面做背書，標明還款日期，即使利率問題，可以按照書面的協定，每月或每季度根據當前情況調整。即便現在您交出了您對該公司的控制權，實際上也能保證您的借款

得到償還，但是，萬一您不在了，再追索這些借款就會非常麻煩。

可是，如果您不再墊付資金給公司，當然我也沒有能力墊付，如果公司為了滿足資金需求能夠發行債券，那麼當前的利率之高，公司的收入幾乎也是承擔不了的。

您上次的來信，讓我感到父愛情深，您說，即便公司的股權饋贈給我，您仍會像以前一樣關注公司的管理。您信中的意思是說，您會像以前一樣資助公司嗎？即便這不是那封信的意思，那麼現在您願意在以後的歲月中這麼做嗎？

無論如何，我們要藉此制定一個方案，確保您的墊款能夠比過去一直以來得到更好的保護。

墨菲、庫柏和我最近幾天一直在討論亞麻籽油公司的事。公司資本總額是 32,000,000 美元。庫柏先生說，在最近的一次估價中，公司的幾個工廠資產低於 5,000,000 美元。我認為，依靠這 5,000,000 美元資產，公司當前生產能力增加一倍也沒什麼困難。但是，公司在過去 5 年中，扣除營運資金的利息，每年收益是 200,000 美元，還不包括工廠折舊費，因此，剩餘收益太少，以至於無法再投入到工廠改善等方面。那麼，很明顯，即便公司在目前收益水準條件下有一個較大的資本總額，那也不過是維持生存而已。想改變現狀，就必須降低生產和銷售成本，或從亞麻評估和亞麻籽購買方面獲得更大利益。

我相信在亞麻籽油的生產和銷售上，是能夠、而且也應該做到節省成本的，況且憑藉累積的經驗，在亞麻籽的購買上也

會不斷增加利潤空間。總之，我們已經下定決心認真整理一下整個公司的情況，確認每個部門是否發揮最大功效，如果不是，怎樣才能達到最大功效。

此刻，我還不能給出具體建議，也無法下結論。但我把我過去幾天的想法隨信呈上，我想，當這些問題提出時，你也會想到的。

深愛您的
約翰

百老匯大街 26 號
紐約
1910 年 1 月 11 日

親愛的父親：

之前您曾多次表示希望了解一下我一年的總費用，所以，您一定有興趣知道我 1909 年的總支出是 86,288.35 美元。減去我給布朗的 25,000 美元，剩下的實際總支出是 58,238.35 美元，而去年（1908 年）總支出是 65,918.47 美元。若從 1909 年支出中扣除上面提到的 25,000 美元，1908 年比 1909 年支出多，是因為那年捐贈較多。

深愛您的
約翰

親愛的父親：

在您向普通教育委員會捐贈 32,000,000 美元中，您想到了芝加哥大學及洛克斐勒研究院未來之需，您為它們保留了 2/3，也就是大約 22,000,000 美元。預留出最近承諾給芝加哥大學的 10,000,000 美元之後，基金還有大約 2,500,000 美元。蓋茲先生、墨菲先生和我建議您指令普通教育委員會轉 2,000,000 美元給洛克斐勒醫學研究院，作為對研究院的進一步捐贈。隨信附上一封已擬好，給普通教育委員會指令的信件，如果您同意，就可以在信件上簽名。

這個時候做出將 2,000,000 美元基金轉至醫學研究院的決定，目的就是為了使這部分資金在新的繼承法下免稅。現在的情況是，您有權改變這 32,000,000 美元中 2/3 的餘額用向，這部分資金需要繳稅。

下一個財年初始，也就是 7 月 1 日，研究院很有可能需要 1,000,000 美元的額外捐贈，來保證像當前一樣運行。在接下來的幾年裡，研究院大樓內和醫院裡的設備，如果一直超出負荷使用，就有可能還需要幾百萬美元的支援。毋庸置疑，轉來的 2,000,000 美元也會恰當合理地用於研究院的工作上。

您會看到，在這封給普通教育委員會的信件中明確指出，這 2,000,000 美元現在要預留出來，並在研究院信託基金會提

出需求時提供。當前研究院信託基金會由 5 人組成，包括蓋茲先生、墨菲先生和我 3 個人，因此，我們占基金會成員的大多數，只要我們認為合理，我們就可以申請這部分基金；或我們認為晚一些會更有利，我們就可以延遲申請。這麼做看起來更安全、時間更靈活，能夠確保這 2,000,000 美元最終進入研究院信託基金，還不必此時明確支付基金日期。

隨信並沒有附上抵押品清單。還沒有做準備。如果您同意這封信上的意見，我們將做相應準備。

深愛您的
約翰

親愛的父親：

最近我們在辦公室一直在談論您的智慧抉擇，您掌握極佳時機投資了銀行信託公司（Bank and Trust Company）的股票。經過認真選擇的這個投資，應該是安全的，除此之外，這些信託公司還讓您有機會參與這類公司所運作的大量融資活動。

現在是機會，以每股 500 美元購買 3,500 股權益信託公司（Equitable Trust Company）的股票。去年收益 24% 的那檔股票又漲了些，而且有望繼續上漲。

還有 100 股的商業信託公司（Mercantile Trust Company）的股票可供購買，每股是 750 美元。本金和利息的總報酬是 4%，但收益卻達 8%。

這兩家公司現在都隸屬於權益人壽保險公司（Equitable Life Assurance Company），根據最近頒布的保險法，權益人壽保險公司必須出售它的股票。

如果您對這項總體投資方案感興趣，我們則會做進一步研究，並拿出具體建議。我們認為這項方案是不錯的。

深愛您的

約翰

朋艾爾酒店
喬治亞州奧古斯塔
1911 年 3 月 13 日

親愛的兒子：

　　你在 3 月 8 日發來的信中，提到購買權益信託公司股票一事，我個人傾向購買 6,000 股。如果你和蓋茲先生反對，請電報通知我；如果你們不反對，就購買 6,000 股吧！在這些事情上，我們必須有自信。

深愛你的
父親

親愛的父親：

　　今天下午我和權益信託公司的總裁克雷奇（Krech）先生磋商了一下。我發現庫恩雷波公司（Kuhn, Loeb & Company）總共擁有權益信託公司股票的 4,365 股。這些股票只有一部分在公司名下，其餘則在員工名下。知道您願意持有多於 4,500 股的權益信託公司股票，而且也沒必要全部在您名下，所以，我和克雷奇先生一致認為您應該擁有 5,000 股，3,000 股在您自己名下，其餘分散在您辦公室的幾位員工名下。

　　我也認為，現在公司發行的這 14,000 股中，剩餘部分售完之後，如果為了確保公司業務順利運行，需要再配發幾百股時，您會願意考慮從現在所購股票中出售 500 股的。這取決於您自己的選擇。

　　克雷奇先生非常高興您派代表加入董事會和執行委員會。執行委員會每週開一次會。他希望您的投資能把您的生意智慧帶給公司，另一方面，那也是公司的目標，任何時候如果您願意參與，您都可以有機會參與公司的管理。我認為您最好派代表參加董事會，最起碼是執行委員會。蕭茲先生有密蘇里太平洋鐵路公司（Missouri Pacific）交易處理，也許負擔過重。庫柏先生應該很合適。這件事，您意願如何？

深愛您的

約翰

高爾夫球俱樂部

紐澤西州雷克塢

1911 年 3 月 20 日

親愛的兒子：

回覆你 3 月 17 日的來信，我覺得我不會願意出售 500 股權益信託公司的股票，但是等這個問題真的出現了，我們就能明白該不該出售了。

我也許錯，但還是覺得再有 500 股或 1,000 股更好。

如果你認為可以，就派庫柏先生參加董事會和執行委員會。我知道我們沒有理由不參與這家公司的經營。

*深愛你的*

*父親*

百老匯大街 26 號

紐約

1911 年 4 月 25 日

親愛的父親：

我與歐德利奇議員（Senator Aldrich）詳談了關於洛克斐勒基金會議案事宜。他又與此前提出該議案的加林格議員（Senator Gallinger）[039] 交換了意見，和我們一樣，他們兩位也認為在標準石油公司的裁決公布之前，最好不要重提議案。我告訴

---

039 加林格議員提出的議案為洛克斐勒基金會的創立提供了聯邦特許狀。納爾遜·W·歐德利奇（Nelson W. Aldrich）在 1841 年至 1915 年間為羅德島州議員，是艾比·歐德利奇·洛克斐勒的父親。新罕布夏州的雅各·H·加林格議員（Senator Jacob H. Gallinger of New Hampshire）從 1891 年到 1918 年任職於美國參議院，他生於 1837 年，卒於 1918 年。

歐德利奇先生，我們透過蓋茲先生就此事與總統見了面，以及那位首席檢察官的態度如何，並建議他向總統本人提一提此事。他這麼做了。總統說他認為應該頒發特許狀，但也贊同在標準石油公司裁決[040]公布之前，先不要重提議案。

歐德利奇先生已經不失時機地與很多人談過標準石油公司裁決的事，他似乎認為，很有可能在 5 月下旬，最高法院休會之前，才會有正式裁決。他傾向於認為裁決將會對公司不利，但同時他也相信最高法院會清晰地界定合法範圍，並希望法院為大型企業行為指出一條合法經營之路。

在街上散步時，偶遇休斯先生[041]兩次，兩次都停下來和他聊天。他問候您和媽媽。

謝謝您最近寄給我的關於阿克德（Aked）醫生的剪報。

深愛您的
約翰

---

040 最高法院對標準石油公司的裁決是，標準石油托拉斯前身 —— 紐澤西州標準石油公司解體為 32 個獨立公司。

041 查爾斯‧伊文斯‧休斯（Charles Evans Hughes）是紐約的一位律師，和小洛克斐勒一起活躍在第五大道浸禮會教堂。他是 1914 年共和黨總統候選人。後來他擔任最高法院首席法官，當時的總統是威廉‧霍華德‧塔夫特（William Howard Taft）。

百老匯大街 26 號

紐約

1911 年 11 月 13 日

親愛的父親：

回覆您 11 月 11 日的來信，如果格林先生[042]負責運作來保證洛克斐勒特許狀在國會獲得通過，那麼開銷只是他一個人的開銷，您認為給他多少經費合適呢？也許幾百美元就夠了。

您問「為什麼不考慮一下在紐約州或其他州來申請特許狀。」這個問題是在我們向國會申請之前認真考慮過的。一是因為，基金會覆蓋的範圍太大，不僅僅限於國內，也涉及國外；二是因為，想到您最終貢獻給基金會的資金數量是非常龐大的，看護和分配這些資金似乎應該掌握在全體人民代表的手裡，而不是某個州代表的手裡。另外，不管是哪個組織頒發特許狀，它都有權根據自己意願改變特許狀中的條件或條款。如果是某個州發的特許狀，這個州很有可能渴望控制如此龐大和強大的基金，也許遲早會要求基金會的董事會成員只能由本州居民構成。該州也有權規定全部基金收入用於本州範圍內。這種情況對某個州來說，不是不可能發生，而是非常有可能的。

對我們來說，能獲得一份國家特許狀是最安全的，覆蓋層面也是最大的。一開始，我們就有考慮到，如果無法保證國家特許狀，州特許狀也是不錯的。您一定知道，許多州都已經主動提出希望能有這樣一個基金會。

---

042 傑羅姆‧格林（Jerome Greene）是洛克斐勒醫學研究院的祕書和洛克斐勒辦公室的助理。

今早我拜訪了魯特議員[043]，求他為亞伯拉罕·弗萊克斯納（Abraham Flexner）先生[044]寫幾封介紹信，因為弗萊克斯納先生將代表我們委員會這幾個人去趟國外。我藉機問魯特議員，他對花錢請高人代表基金會遊說華盛頓來通過議案怎麼看。他說他擔心，儘管不違法，但任何形式的遊說都可能被曲解，並對我們造成不利。我會在第一時間與歐德利奇議員商量的。在這之前我們會靜觀其變。

深愛您的
約翰

---

043 1913 年，洛克斐勒基金會在紐約州獲得了特許狀。紐約州伊萊休·魯特（Elihu Root）議員在 1909 年到 1915 年期間任職美國參議院，其生於 1845 年，卒於 1937 年。

044 亞伯拉罕·弗萊克斯納是洛克斐勒醫學研究院的院長。獲得聯邦特許狀的努力沒有成功。

百老匯大街 26 號

紐約

1913 年 5 月 19 日

親愛的父親：

墨菲先生和格林先生都希望您能參加洛克斐勒基金會第一次會議。這次會議將於本週四 12 點在我們辦公室舉行。其他創始人，包括芝加哥的賈德森（Judson of Chicago）博士、十二指腸病委員會的羅斯（Rose of Hookworm Commission）博士，還有弗萊克斯納博士和蓋茲先生，以及我們這裡所有的人都將出席會議。毫無疑問，如果基金會的奠基人能夠出席，我們會感到無上榮光。但是，我也和這些人說，我不想逼迫您前來參加，我也不認為您願意來。寫這封信就是想告訴您，如果您覺得願意參加這次會議，我們會非常歡迎。

深愛您的

約翰

親愛的兒子：

　　我非常感謝洛克斐勒基金會的那些創辦人希望我出席將於本週四舉行的基金會會議，但是我現在每天都越來越感到需要到戶外呼吸氧氣。另外，你媽媽很快就會過來，而且，我還有其他一些需要處理的事務，這些都讓我很難脫身。但我相信你會向他們說清楚，若有可能，我會多麼高興參加這個會議，也請一定代我向他們轉達我對他們的信心和崇高敬意，以及對每一位的誠摯問候和最美好的祝願。

深愛你的
父親

約翰·洛克斐勒，1913 年

書信

百老匯大街 26 號

紐約

1914 年 3 月 26 日

親愛的父親:

　　我和媽媽說了,謝謝您寄給媽媽查理‧亞當斯(Charlie Adams)的來信和您給她的回信。她讀了這 2 封信,都非常高興。您的信寫得很美,我藉機自己保留了。您託西姆斯(Sims)先生帶給媽媽的樟樹長出了新枝,媽媽很高興,說謝謝您。

　　由於需要經常去看媽媽,所以過去的這 2 ～ 3 週,我一直在週三和週六去波坎蒂科山莊。經過與弗萊克斯納醫生探討病情,媽媽完全同意,艾倫(Allen)醫生也完全贊同,身為醫學研究院主任之一、和城裡最權威的診斷專家之一的詹韋(Janeway)醫生星期日與艾倫醫生一起來幫媽媽會診。詹韋醫生基本上肯定了艾倫醫生的診斷。媽媽很想知道醫生們建議她做什麼來恢復健康,她說她要去療養院。這倒是一個好機會,那裡的生活規律,可以讓她放鬆,這非常有益於她的健康。不斷的咳嗽讓她有些虛弱,但是現在好多了,她晚上能睡得著了。醫生計劃這幾天讓她到外面走走。我們正準備購買一輛帶有篷蓋的輪椅,以及各種覆蓋物,這樣帶媽媽出去時就可以省下穿衣的麻煩,她也會感覺舒服些。她期盼著身體好轉。

　　媽媽和我很高興您過去幾週沒在波坎蒂科山莊,因為天氣一直很糟,您根本也出不了門。大量的積雪讓人無法行走和開

車，因為暴風雪過後常常融化，使得雪橇和車輛寸步難行。然而，現在雪消失得也快，1～2週後道路可能又乾爽如初。媽媽很想念您，但又不想打擾您。她非常希望您回家，但知道好好休息有益於您的健康。[045]

深愛您的
約翰

---

045 蘿拉‧斯佩爾曼‧洛克斐勒於 1915 年 4 月 12 日在波坎蒂科山莊去世。

百老匯大街 26 號

紐約

1914 年 4 月 3 日

親愛的父親：

　　下面的話是我從格林先生的來信中摘錄的，我知道您會感興趣：

　　我們在這裡享受著時光，真心感謝您父親無微不至的關懷，讓我們感到舒適與快樂。我每天上午與您父親打高爾夫，下午晚些時候駕車兜風。我覺得我從來沒有過這麼愉快的假期。有機會接觸了解您的父親，是我一直以來的願望，但從沒想到會如此頻繁、近距離地接觸，也從來沒奢求過感受他的深切關懷。除了偶爾交談高爾夫球運動外，我們不談業務，但他對人和事的見解，都是讓人耳目一新的。

　　墨菲先生也異常興奮地講述了他和您在一起時的快樂時光。

　　眾議院礦山與礦區開採委員會（the Committee of the House on Mines and Mining）請我前往委員會，提供關於科羅拉多礦工罷工的資料。前往科羅拉多調查罷工事件的委員會，是礦山與礦區開採委員會下屬的小組委員會，在此之前，威爾伯恩先生和鮑爾斯先生[046]都被要求前往該小組委員會說明情況。我已經回覆他們，我下週一會去華盛頓。墨菲先生將和我一起去。我不知道我能夠為他們的調查提供什麼有價值的資訊。但是，既然已經發來邀請，我覺得還是直接接受比較明智。

---

046　在洛克斐勒獲得公司控股權後，J·F·威爾伯恩（J. F. Welborn）在 1907 年被委任為科羅拉多州燃料及鋼鐵公司（Colorado Fuel and Iron Company）總裁。拉蒙特·鮑爾斯是董事長。他們合力嚴格控制著公司及其分公司的事務

我想明天去波坎蒂科山莊看望媽媽，但正如我電報上說的那樣，就在您來波坎蒂科山莊的時候，我將正在回紐約的路上。非常遺憾，在您到紐約的時候看不到您；在您到波坎蒂科山莊的時候也見不到您。我希望，下週能去波坎蒂科山莊待 3 天或 4 天（包括週日），這樣我們就可以好好團聚了。

深愛您的
約翰

高爾夫球俱樂部
紐澤西州雷克塢
1914 年 4 月 13 日

親愛的兒子：

我指示卡里先生給你 10,000 股的科羅拉多州燃料及鋼鐵公司的股票[047]。如果你想買或賣這個股票，我建議你最好通知我，以免我們產生衝突。

我認為你在華盛頓那個調查委員會面前表現很棒[048]，因此，希望你在這項產業上投入更多的熱情。希望我們能使它增值。

深愛你的
父親

---

047 小洛克斐勒把發生在 30 家科羅拉多州公司，也包括科羅拉多州燃料與鋼鐵公司的相關煤礦工人罷工事件，稱為洛克斐勒家族曾經歷的最重大事件之一。他 2 次參加國會調查委員會會議，積極尋求解決美國存在的勞資雙方矛盾的可行性方案。他曾受到人身威脅。他選擇了日後成為加拿大總理的威廉·里昂·麥肯齊·金（William Lyon McKenzie King）為顧問，和他一起研究出一套解決產業勞資關係的方案。

048 工人暴動和地方平暴的這段經歷，在內文斯所著的關於老洛克斐勒的傳記，及福斯迪克（Fosdick）所著的關於小洛克斐勒的傳記中，都有詳實描述。而喬治·S·麥戈文（McGovern）和李奧納多·F·古特里奇（Leonardo F. Gutteridge）所著的《偉大的煤田鬥爭》（*The Great Coalfield War*）一書，卻用不同的視角解讀了這些事件。

親愛的父親：

上週日的上午，在沃里克（Warwcik）我參加了在摩根先生 [049] 的遊艇上舉行的會議，參加會議的有摩根先生本人、戴維森（Davidson）先生 [050]、歐德利奇議員、已經接替歐德利奇職務的里皮特（Lippet）議員，以及對南部鐵路非常感興趣的沃特斯（Walters）先生。下午，會議在歐德利奇先生的家裡繼續。普遍的意見有點讓人洩氣。這些紐約人認為，隨著近期運費率決議的頒布，美國的鐵路公司總體面臨破產，尤其是那些短期內必須完成相應責任的公司。他們認為這個國家的鐵路延伸刻不容緩，但獲得資金卻困難重重。此外，大家一致認為，如果威爾遜總統的反托拉斯法計畫得以成功（似乎沒有什麼阻力），其他行業也會像鐵路一樣受到制約。這種情況會大大打擊資本家的積極度，而在歐洲戰火蔓延導致我國商業金融遭受如此重創的今天，比任何時候都更需要對資本家的鼓勵。這次會議讓我意

---

049 朱尼厄斯・史賓塞・摩根（Junius Spencer Morgan）是摩根財團（J. P. Morgan & Co）的董事長。他的父親老摩根（John Pierpont Morgan）1913 年去世。亨利・P・戴維森（Henry P. Davison）是摩根財團的合夥人。亨利・沃特斯（Henry Walters）是大西洋海岸鐵路公司（the Atlantic Coastline）和路易斯維爾和納士維鐵路公司（the Lousiville and Nashville Railroads）的董事長兼總經理。羅德島州的亨利・弗雷德里克・里皮特（Henry Frederick Lippit of Rhode Island）1911 年到 1917 年間任職於美國參議院。

050 小洛克斐勒錯寫了戴維森和里皮特的名字（小洛克斐勒信中寫的兩人英文名字是：Davidson 和 Lippet，而實際上，這兩個人的英文名字是：Davison 和 Lippit ── 譯者注）。

識到,當前比較明智的做法,是積攢資金,而不是輕易購買廉價品。再者,至少在當前,鐵路證券與此前相比,不是什麼理想的投資。我在懷疑,政府的債券、銀行和信託公司的股票,至少在當前看來,或許也不是什麼安全的投資形式。

愛您的
約翰

波坎蒂科山莊
紐約
1915 年 1 月 28 日

親愛的兒子:

我計劃給你 40,000 股的科羅拉多州燃料和鋼鐵公司的普通股,希望我們能使這些股票更有價值。

從這週的週一早晨到週三晚上,你面對勞資委員會 (Industrial Commission) 調查[051],承受了漫長而無聊的考驗,你的表現我非常非常滿意。我相信這會帶來好的效果。媽媽和我都為你感到驕傲,並對結果深感欣慰。我認為沒有人能比你做的更好了,我也不記得有誰做得如此好過,我相信許多人,無論是友還是敵,都會同意我這個觀點的。

深愛你的
父親

---

051 小洛克斐勒曾出席勞資關係委員會 (the Industrial Relations Commission) 會議。該委員會由國會於 1912 年創建。他的證言反應他在勞資關係問題上觀點的轉變,這種改變主要因為科羅拉多罷工、勒德羅大屠殺 (the Ludlow Massacre) 以及威廉·里昂·麥肯齊·金的影響。

佛羅里達奧蒙德海灘
1915 年 2 月 4 日

親愛的兒子：

　　我準備指示卡里先生再給你 40,000 股科羅拉多燃料和鋼鐵公司的股票，請接受我深深的感激和無限的愛。

愛你的
父親

波坎蒂科山莊
紐約
1915 年 2 月 7 日

親愛的父親：

　　沒有什麼比這次您給我的饋贈更讓我感動的了。一週以前，您剛給我一份類似的饋贈，但這份厚禮更讓我難以承受。我完全明白，這並非因我個人所作所為，而是因為您充滿慷慨與慈愛的心胸。因此，我帶著一種深深的謙卑與莊重來接受這份禮物，並充分感受到合理使用這份厚禮的責任，也完全能夠明白您對我信任的那種用心良苦。這種信任超越一切。親愛的父親，我謝謝您。

深愛您的
約翰

百老匯大街 26 號
紐約
1915 年 9 月 15 日

親愛的父親：

　　上週，與威爾伯恩先生、金先生和希克斯（Hicks）先生開了個會，很圓滿。這週末威爾伯恩先生與希克斯先生動身去了西部，金先生這週一去了科羅拉多。上週六，我和金先生、墨菲先生與美國礦工聯合會（the United Mine Workers of America）的主席懷特（White）先生以及聯合會的財務部長格林（Green）先生開了一場 4 小時的會。我想您知道去年春天的時候，懷特先生曾要求見我。當時，我不是在外地，就是在忙於什麼事，於是安排墨菲先生和李（Lee）先生與懷特先生會見。他們的會面很融洽，但沒談什麼重點，因此，懷特先生表示，希望找個合適時機見到我。在我度假回來的時候，李先生寫給懷特先生一封信，說我很希望見到他，於是安排了這次會面。懷特先生來了，並帶著他的財政部長格林先生，這倒沒有提前告訴我們。我們發現兩人非常睿智、公正，沒有一點敵對感。這次會議完全是非正式的，簡直就是一次對世界重大問題感興趣的 6 人聚會。我們利用這次機會，向這些先生們闡明我們對勞工組織的觀點，向他們宣讀了去年 1 月我在紐約勞資關係委員會的陳詞。他們看過一些關於陳詞的資料，雖然沒有全看，但他們絕對認為再沒有比這更全面、更合理的了。

　　最後，談到了勞森（Lawson）案和其他一些案子。這讓我有機會充分地陳述我們公司和我們當前的立場，於是我讀了我

在華盛頓勞資委員會所說的兩段陳詞給他們。聽了這些陳詞，他們非常驚訝，因為他們沒有聽說過，而且他們似乎非常高興知道媒體對我們與這些案子的報導實屬毫無根據。在會晤結束前，我對他們說，「先生們，現在我已經把我們對這些事情的立場和盤托出，你們是否也能同樣坦誠地告訴我，面對這些刑事訴訟我能做什麼嗎？」他倆毫不猶豫地回答說，我根本什麼也做不了，而且我採取的任何行動都是不必要也不合適的。

我們很詳細地討論了對洛克斐勒基金會進行行業調查的目的和目標。我拿洛克斐勒研究院的發展作為類比加以解釋。對這個話題充分陳述後，我們的客人開始重新審視目前對這個問題的普遍看法，接著我說的話讓他們非常吃驚，「先生們，如果你們兩位和岡珀斯（Gompers）先生以及這個國家任何其他重要的勞工組織代表，基於剛才陳述的事實，對我說，根據你們的判斷，暫時或永久停止對洛克斐勒基金會的行業調查是對勞工最有利的，那麼我保證，身為基金會的董事之一，我完全支持即刻終止調查，而且我也會調動我對其他理事的影響力來促成這個結果。」聽完我說的話，他們馬上回應道，他們並不希望停止調查，從我們的陳述中，他們相信我們所為對勞工來說是真正有益，也是非常重要的，而且他們認為終止調查是極其遺憾的。

在我們充分交換了這些想法之後，我們請客人講一下他們的想法。他們的想法主要有 3 個：首先，他們認為根據當前的局面，我最好能親自去科羅拉多礦場與礦工交談。第二，他們認為，如果科羅拉多州燃料和鋼鐵公司透過員工自己選出來的代表

與員工們簽署協議，保證員工的合理訴求，改善他們的困境，罷工事件就會平息，員工的哀怨情緒就會得到緩和；另外，在對下級管理人員的決定不滿時，可以很容易向公司總裁申訴。第三，協議中應明確規定，對工會成員或非工會成員應該一視同仁。

一開始，我想當然地認為，他們現在的目的就是希望達成一份與美國礦工聯合會的協定。我們對當前的形勢進行了充分的討論，這兩位明確表示他們覺得在此時達成這樣的協定不現實，也不太可能。實際上，懷特先生在離開之前對金先生說過，如果我們公司能夠與員工簽署一份這樣的協議，那麼他們將不再和工會簽任何協議了。他們認為任何協議都應該是幾年的協議，這樣就能確保一段時間的和平，也防止在這段時期內為改變內容再起爭執。我們向兩位先生指出，促成科羅拉多州燃料和鋼鐵公司與它的員工之間的協議是非常困難的，這是因為科羅拉多州其他經營者的態度；某種程度上也是因為公司內部一些管理者的態度。他們明白這種事態，但是認為如果協議得以簽署，勞資關係將會得到極大的改善。他們說他們願意用我們接受的任何方式協助我們準備協定，但是他們很快就明白了我們的意思，也就是，如果他們參與其中，會在科羅拉多引起誤解的。

這次會面相當令人滿意，雙方都留下了很好的印象，我覺得，是十分順暢的。兩位先生也十分高興與我們共進午餐，表現出他們的友善和友好。

週一，我和金先生一起與約翰·米切爾（John Mitchell）進行了會談。米切爾先生是美國礦工聯合會的前會長，10 年前

還曾親自指揮過科羅拉多州的罷工。現在，米切爾先生不再參與勞工活動了。我們向米切爾先生介紹了我們與懷特先生及格林先生的會談情況，以及他們提出的 3 個建議之後，我們徵求米切爾的意見，問他是否認為若我們按照他們的建議去做──我們非常清楚這是一件難以完成的事──礦工聯合會就會停止他們的公共敵對立場，並盡力恢復友好態度。米切爾不太相信這些人（指懷特先生和格林先生──譯者注）會滿意於我們公司與員工之間的安排──即便是在當前的情況下，因為他覺得（我們也知道這種情況），那些人會要求礦工聯合會參與協議簽署。不過，我們向米切爾先生表明，我們並沒有誤解懷特先生們的態度。而且我認為他也了解在當前情況下，為什麼礦工聯合會會想簽署這份協議的原因，如果順利，那倒真的對礦工有利。米切爾先生聽完整個事件，又聽了我們對於勞森案的陳述，以及我們對工會的態度和洛克斐勒基金會勞資關係部的宗旨後，他認為如果我們能夠執行懷特先生和格林先生的建議，將會大有裨益。他還安慰我們說，那兩位先生和他們的組織不會使形勢複雜化。這次與米切爾的會面很愉快。

我們也想見一下岡珀斯先生，但他這週沒有來紐約。這幾週，我腦子裡一直計劃著要見一見這些人，別人都覺得這麼做是很明智的。我們都覺得事情確實有了進展。

關於懷特先生和格林先生的建議，我們做了如下安排。

首先，我去科羅拉多。您知道，這一直以來都是我的想法，我希望這個週五就走，儘管我還沒和您詳說此事。

**書信**

　　其次，要簽署公司和員工間的協議。您知道，罷工一結束，我們就實施了一項計畫，讓每個礦區推選一位代表，組成委員會，與公司的管理階層就雙方共同利益問題進行了討論。這種體制效果不錯。金先生已經和所有的代表交換了意見，威爾伯恩先生每月到礦區去會見他們一兩次，墨菲先生親自和他們交談過，希克斯先生也找他們所有人談了。他們對這些礦工代表很滿意。從一開始，我們的目標就是盡可能快速完善這項計畫，並讓時間來檢驗，以確保這種代表形式的穩固性。而且，整個夏季，金先生都在制定一套章程，全面闡述這些礦工代表與管理人員之間的關係，詳細說明委員會代表雙方利益行使職權，明確指明根據當前利益雙方的情況，接下來應採取什麼措施。我們在海豹港避暑時，這項計畫就已經醞釀了，而且上週又與威爾伯恩先生和希克斯先生仔細地審查了一遍，大家一致認為，計畫令人滿意，其實施有利於維護礦工權益，使他們完全不必透過工會成員身分來尋求保護和表達訴求。因此，我們實際上已經完成了那兩位先生建議的協議起草工作，但我們沒有讓他們知道事情進展的程度，我們更希望用隨後的實際行動來回應他們的建議。

　　最後，我們在協議裡放上了一條：規定公司的員工，無論種族、信仰或是任何組織、聯合會或協會的成員，都將得到同等待遇。

　　到此，您也明白了，他們提出的建議，我們在著手準備。但是，我擔心有一件事也許會成為擺脫目前困境並獲得平穩和諧

的障礙，那就是，工會很可能把我們建議的與礦工簽署的協議看成是一項緩兵之計，並藉此排擠工會。但是，考慮到懷特先生和格林先生清晰明確的態度，我們可以推進我們的計畫而不必擔心來自他們的反對，而且，另一方面來說，他們也會覺得他們的意見和建議得到了重視並感到滿意的。我們的想法是，如果可能，讓這個協議運行 3 或 5 年的時間。這能確保這幾年的產業平穩，也能徹底讓科羅拉多州燃料和鋼鐵公司與所有其他科羅拉多州的礦業公司清晰明確地區別開來，從此不會再與其他公司混淆。如果這項計畫像我們預計的那樣，在下個月或下下個月實施，當洛（Low）先生的委員會來科羅拉多州時，他們一定會有正面的評論，會報導我們是唯一一家採取實際行動並維護員工利益的公司，這有利於樹立我們公司在大眾心目中的形象。

當然，我們也意識到，當協議真正實施的時候 —— 必須實施，否則就是一部鬧劇 —— 礦工聯合會也許會悄悄地試圖讓我們所有員工加入工會。不管這項計畫實施與否，這是我們一直面臨的危險。而且，根據我們幾個人的判斷，實施這個計畫，反而使這種危險性更小，因為如果員工充分感受到公司的誠意，相信公司將切實可行地解決個人的實際困難、保護他們的合法權益，並建立固定的礦工代表與管理人員的溝通管道，他們會認為協議所提供的保障並不弱於礦工聯合會，從而，他們向聯合會交費尋求權益保護的意願會減小。但是，即使大部分人加入工會，在協議有效期內，我們也一定會穩定執行的。協議到期後，若我們員工在過去幾年裡感到滿意的大多數礦工

要加入工會，那麼對我們來說，問題就是：如果非工會會員的礦工不受歧視，我們是否承認工會。我們明白這項計畫給我們帶來的風險，我們充分討論了這些風險，並時刻睜大雙眼隨勢而動。綜合考慮之後，我們一致認為，無論視為權宜之計，還是從長計議，這項計畫都是最明智、最正確的。

我本來想在我去西部的途中，或許可以在克利夫蘭停留一下，這樣就可以和您親自談一談我們最近特別關注的這些事，但現在看起來不可能了，所以寫此長信給您。在我去西部之前，我想讓您了解我們的想法和當前的形勢，這樣您就能全面了解我們到科羅拉多想獲得的結果。金先生將和我一起到科羅拉多，他和威爾伯恩先生將在我到達千里達（Trinidad）時與我會合。我向您保證，我們會十分謹慎的，在沒有經過全面考慮；在沒有得到公司管理層和我們這個辦公室理事們同意的情況下，我們不會貿然行事。

我計劃週五下午動身。如果之後您需要聯繫我，最好透過辦公室，他們知道我的行蹤。

請銷毀此信[052]。因為在謄寫這封信之前我就要動身，所以請您原諒我沒有親筆簽名。

*深愛您的約翰*

---

052 雖然洛克斐勒父子常常提到銷毀某封信，但大部分信件被整理歸檔。艾維·萊德拜特·李（Ivy Ledbetter Lee）曾受僱於小洛克斐勒代表其家族出席關於科羅拉多州礦工罷工事件的辯論，他身為洛克斐勒家族的顧問，一直到其去世。賽斯·洛（Seth Low）是洛克斐勒基金會的理事之一，當過哥倫比亞大學的校長，是紐約市前市長，曾帶領一個聯邦委員會調查科羅拉多的暴動事件。克拉倫斯·J·希克斯（Clarence J. Hicks）是紐澤西標準石油公司負責勞工關係的官員，後來擔任小洛克斐勒的顧問。撒姆爾·岡珀斯（Samuel Gompers）曾任美國勞工聯合會（the American Federation of Labor）的會長。

親愛的父親：

　　隨信附上李先生 10 月 14 日的來信和米切爾先生 20 日的來信。李先生說英格里斯先生[053] 是一個出入上流社會的新聞記者，常和高層人士打高爾夫球，並報導這些賽事。他是一位出色的高爾夫球手，也是一位很有魅力的朋友。他寫的文章在發表之前，會拿給李先生和我看，所以您可以放心，文章絕對會讓人滿意的。情況就是這樣，我覺得按照李先生的建議去做，對您也沒什麼壞處。李先生向我保證，您和英格里斯先生玩高爾夫會非常開心的，而且我也完全同意李先生的說法，在您方便的時候，把您親切的性格以一種公允的方式展示給大眾，有助於大眾了解真實的您。我認為按照李先生的建議去做很好。

深愛您的
約翰

---

053 威廉·O·英格里斯（William O. Inglis）是美聯社（Associated Press）的記者，艾維·李選他研究老洛克斐勒的事業生涯並對其採訪。雖然英格里斯寫了一部老洛克斐勒傳記，但小洛克斐勒沒有同意出版。採訪手記現存於洛克斐勒檔案中心，當時出版了袖珍版：大衛·和克（David Hawke），《威廉·O·英格里斯對約翰·戴維森·洛克斐勒採訪手記（1917 ～ 1920）》（紐約：麥克勒出版社，1984 年）。

百老匯大街 26 號
紐約
1916 年 2 月 28 日

親愛的父親：

　　隨信寄給您關於我這次科羅拉多之行的一篇報導，我想您會感興趣的。這篇報導是由一位來自梅迪爾·麥考米克（Medill McCormick）的報紙《芝加哥論壇報》（*the Chicago Tribune*）的記者所寫，他在我到達千里達 2 天後到達那裡。您還記得我曾經和您提到過這個人，他後來非常坦誠地跟我說，他曾對我們父子有嚴重的偏見，他們的報紙也是。他說他來科羅拉多的目的，通俗地講，就是想「捅我一刀」，但是卻成為我最忠實的支持者和最真誠的朋友。

　　有趣的是，不經意間，聽說他今年想競選伊利諾州的副州長。

　　此信無需回覆。

深愛您的
約翰

親愛的兒子：

附上我昨天發給你的電報如下：

「31 日來信收悉。我 28 日寫給你的信並非要求你請博斯沃思（Bosworth）先生 [054] 做估算，而且我同意你的看法，喬（Joe）會根據合約輕鬆地按期完成那項工作的。」

我希望你從這份電報和我寫給你的關於這個話題的幾封信中明白，我完全願意把這個問題交給你來處理，我很抱歉這給你添了困擾或麻煩，你為了讓我減輕焦慮和煩惱，本來就已經為許多其他事情操心盡力了。我非常感謝你，無法用隻言片語表達，你能這麼做，讓我倍感欣慰，尤其是自從你母親去世以後，當然你以前也是這樣。

我非常高興，在剛過去的 15 或 18 個月中，一直困擾著我們的相關調查案的所有難題已被解決。我想讓你知道，我是多麼欣賞你在這些事情上所表現出來的耐心、奉獻和那種有一線希望就不言棄的精神。

聽說你要和奇普曼（Chipman）去一次狩獵之旅，我很高興，希望你能好好享受這個休假以及即將到來的秋天和冬季，因為你在科羅拉多事件中付出了太過漫長而艱辛的努力，而且

---

054 威爾斯·博斯沃思（Welles Bosworth）是一位建築師，曾設計波坎蒂科山莊的花園和洛克斐勒莊園的建築外觀，並負責小洛克斐勒所捐贈的法國主要建築物的重修。

還獲得了成功。我現在聽到的都是大家對你的交口稱譽，我聽到太多的溢美之詞了。

公司的事情進展順利，他們不會和我們產生摩擦的——即使他們想那麼做，而且我相信他們也不想那麼做。我們會精神抖擻地全力以赴配合他們推動新計畫的執行，所以希望你不要再為此事煩心了。

這個夏季，我身體一直很棒，而且能夠處理很多公司事務，比去年好多了。因此，任何時候、任何事情，只要能幫上你，請馬上告訴我，我可以為你分擔。

這裡的夏天舒適怡人，我們很可能比原計畫推遲一些回到波坎蒂科山莊。

米切爾先生[055]在處理我們波坎蒂科地產的稅務事宜，他今晚還去。這些事情進展順利，而且那裡的官員也會合理地解決這個問題的。

我本想一直等到 10 月 1 日再告訴你波坎蒂科山莊管理方式改變後的效果，不過我相信，現在告訴你一些我們已經掌握的數字，你一定會感到放心和滿意的。在近 11 個月裡，波坎蒂科山莊的支出，即人工和生活費用，節省了 209,000 美元，而且有些支出我們並未計算在內，如在你房屋上支出的 27,000 美元、鋪路支出的 16,000 美元，以及其他類似購買車輛的支出等等，總計有 50,000 美元。換句話說，截至今年 9 月 1 日

---

055　威廉‧S‧米切爾（William S. Mitchell）曾在克利夫蘭從事律師工作，後來到紐約洛克斐勒的公司任職，1921 年去世。

前的 11 個月裡，波坎蒂科山莊人工和生活支出，比往年同期節省了 259,000 美元。我不希望這些數字公開。它們或許有些微的出入，但每筆帳目都可以在帳簿裡查到。

　　向你和艾比以及可愛的孩子們問候，謝謝你們為我所做的一切。

*深愛你的*
*父親*

洛克斐勒莊園
波坎蒂科山莊
紐約
1916 年 10 月 25 日

親愛的兒子：

　　以下是我送給你的有價證券：

　　376 份「科羅拉多州燃料和鋼鐵公司普通抵押債券」，年利率 5%，1943 年到期。

　　7,440 份「科羅拉多州工業債券」，年利率 5%，1934 年到期。

　　7,943 股「科羅拉多州燃料和鋼鐵公司特別股」。

　　面額 400,000 美元的「普埃布洛房地產信託公司 (Pueblo Realty Trust Company) 票據」，年利率 6%，1919 年到期。

　　我已經指示休斯頓 (Houston) 先生馬上把這些票證轉到你的名下。

深愛你的
父親

百老匯大街 26 號
紐約
1916 年 11 月 23 日

親愛的父親：

　　去年春天的時候，我和您談過一個計畫，想購買華盛頓堡大道（Fort Washington Boulevard）盡頭的那片高地[056]，現在越想越覺得應該要買。我當時也和您聊到哥德計畫，但現在我不在乎是否實施此計畫，我還是覺得這塊土地會極大地補充我們城市公園系統，基於這樣的考慮，來這裡之前，我就授權希爾頓先生代表我再去協商購買那片地皮的事宜。

　　記得您說過，您願意出 900,000 美元之巨資購買那兩塊地皮，而當時希爾頓談的最低價格是北部地塊 612,000 美元，南部地塊 500,000 美元 —— 該土地為海斯地產（Hays Estate）所有。

　　而現在，希爾頓來電報告訴我說，他已經以我的名義買下了這兩塊地皮，北部地塊價格 550,000 美元，比春季時協商到的最低價還低 62,000 美元 —— 而且比評估價低 21,000 美元；海斯地產擁有的南部地塊價格 500,000 美元，比評估價低 73,000 美元。您知道，這兩塊地皮的所有人都想提高土地估價，但都未成功，因為是由市政府的估價員來確定最終估價。我認為這項交易很划算，希望您也這樣認為。

---

056　小洛克斐勒在北曼哈頓購買的這塊地最終成為崔恩堡公園和修道院藝術博物館（the Cloisters），現在作為一個中世紀博物館，成為大都會藝術博物館的一個分館。威廉‧希爾頓（William Hilton）先生負責小洛克斐勒在紐約市的不動產交易，是小洛克斐勒旗下帝國房地產公司（Empire Real Estate）的總裁。

　　C‧K‧G‧比林斯（C. K. G. Billings）先生擁有的地塊大概是這兩塊地加在一起的大小，就在這兩塊地的南面，從百老匯一直延伸到拉法葉大道（Lafayette Boulevard），其中坐落著他的房屋和馬廄。他已經不在這裡居住了，儘管他購買此地時花費 2,500,000 美元，但現在整個地塊要價才 1,500,000 美元。我從希爾頓先生那裡了解到這個情況，奇怪的是，還有一個買家請他幫忙詢價。

　　透過比林斯先生的岳父麥克利士（Macleish）先生，我與比林斯先生取得了聯繫，且決定一回到紐約就和他會面。我準備建議比林斯先生出售這塊土地用於城市公園建設。如果這些特有的地塊能永遠造福於民，那該是一件多麼有意義的事啊！

　　我發給您的這封信標注「機密」，因為在和比林斯先生會談、並準備將購買地塊消息公開之前，我強烈要求此事保密。

深愛您的
約翰

親愛的父親：

　　許多年來，我們向慈善事業和教育事業捐贈，也向我們感興趣的企業組織投入，但我們一直獨立和區別地對待 2 者，這是我們一貫的原則。我無需再講致使我們這麼做的理由，以及我們覺得過去一直應該這麼做的原因。但我越來越覺得，我們的這種做法也許錯了，我們遭受到很多批評，因為我們捐贈很多給陌生人，但對那些與我們或多或少有關聯的企業和工業組織的需求，卻鮮有關注。也許就是科羅拉多州的局面改變了我原來對此的看法。我已經感覺到，與科羅拉多州燃料和鋼鐵公司的員工在建立基督教青年會或建立教堂、音樂臺等方面，全方位地協調合作是絕對明智的。而且我也感覺到，建立人與人之間的和諧關係及親切感，遠比直接用錢帶來的效果好得多。所以，對我來說，考慮身邊人不僅是我的責任，而且在目前這種形勢下，能給予他們幫助，也讓我平添快樂 —— 我堅信那是一種真實的快樂。

　　我常常想，在西馬里蘭鐵路公司和戴維斯煤炭及焦炭公司（the Davis Coal and Coke Company）是否也要採取這樣的做法。我與蓋瑞（Gary）先生討論了這個問題，他對此有共鳴，我們再看看事態進展。我寫此信，就是想讓您了解我的想法，並徵求您的意見。在我們彼此都方便的時候，我希望能與您討論這個問題。

　　　　　　　　　　　　　　　　　　　　深愛您的約翰

高爾夫球俱樂部
紐澤西州雷克塢
1917 年 1 月 20 日

親愛的兒子：

　　就你 18 日來信提及的問題，我認為對資助與我們有商業相關的人的問題，沒必要再繼續討論了，但如果你有具體的資助對象，我們將「先啃下這塊骨頭」，然後再摸索前行。

深愛你的
父親

奧蒙德賓館（HotelOrmond）
佛羅里達奧蒙德海灘
1917 年 3 月 13 日

親愛的兒子：

　　我準備贈授你印第安那州標準石油公司的股票 20,000 股，資本總額是 30,000,000 美元。我希望盡快轉到你的名下。

深愛你的
父親

親愛的父親：

　　時不時地總會有向國家軍事裝備和國防建設捐贈的機會。我自己一直在做這樣的事情。我和墨菲先生都認為您會對此感興趣。我們是否可以按照我們的判斷，代表您捐贈小部分款項，比如每次不超過 5,000 美元或 10,000 美元？這樣捐贈機會出現時，往往需要馬上行動。

　　非常感謝，如果您能同意這種做法，並電報告訴我們。

深愛您的
約翰

高爾夫球俱樂部
紐澤西州雷克塢
1917 年 5 月 9 日

親愛的兒子：

　　不想多說！世界變化真快，我幾乎理解不了，但是我有一種強烈的感受，我幫助別人的能力大不如從前，因為政府抵押我的財產和收入，要求我每年為政府買單數百萬美元。正因如此，我們再做任何款項捐贈之前，都必須做到深思熟慮，特別是，再過幾個月我需要捐款不下 2,000 萬美元，還不包括我剛剛捐的，我因此已經負債了。

　　我們一切安好，快樂而滿足，希望你和艾比合理安排工作生活，心態平和、別勞累，但思想要健康。希望你正確地對待時間和精力，請記住，在這個世上你有很多事情要做，但不是一天完成的。要耐心，有節制。可以讓別人承擔一部分重任，只有這樣你最終才會收穫更多、生命更久、心情更好！

深愛您的
父親

親愛的父親：

您 14 日的來信收悉。我們非常高興您接受我們送您的克蘭 —— 辛普利斯車（Crane-Simplex，1901 年，由威廉・邁巴赫設計「Simplex」牌汽車首次採用「戴姆勒・梅賽德斯」作為商標 —— 譯者注）。關於這事的詳細情況，我寫了信給您，想必這時也該收到了。您想的沒錯，底盤和車身不用預定了，都已經委託完成。但是，我跟您說過，海特（Heydt）先生將安排菲力浦斯（Philips）代表您就車身製造細節提出建議，包括車漆和內飾顏色。

在華盛頓的這幾天不如在熱泉過得舒心，因為整日參加動員委員會（Committee on Mobilization）[057] 的一些會議。再加上天氣沉悶、陰暗、壓抑，但還好，這裡的工作結束了，我準備在兩三天後回家。

期盼很快見到您。

深愛您的
約翰

---

057 小洛克斐勒曾是政府動員委員會的成員。該委員會的主席是紐澤西州標準石油公司的 A・C・貝德福（A. C. Bedford）。

洛克斐勒莊園
波坎蒂科山
紐約
1917 年 5 月 28 日

親愛的兒子：

　　鑑於科羅拉多州燃料和鋼鐵公司的礦工經濟條件大好，我真誠希望他們能夠投資本公司，我非常願意與他們合作。

深愛你的
父親

百老匯大街 26 號
紐約
1917 年 6 月 1 日

親愛的父親：

　　關於您 5 月 28 日的來信，您信中提到十分渴望科羅拉多州燃料和鋼鐵公司的礦工投資本公司，並願意與他們合作，我認為引導公司員工投資本公司股票並非易事，再者，因為公司力勸或建議員工投資，所以給人感覺好像要分紅利，這樣就給公司帶來了一定的壓力，這不是可取做法。

　　隨信附上公司最近發布的一項公告，您還會看到，是鼓勵員工把積蓄投資自由公債。也許在這個時候，這是公司對員工理財的最佳建議了。

深愛您的
約翰

親愛的兒子：

關於你 30 日的來信：

雖然我對科羅拉多的情況不熟，但聽說你不去西部並要留在海豹港，而且這個夏季過得舒心愜意，我非常高興。這對你和我來說，比所有科羅拉多的事情都重要。你和艾比都太需要這個夏季的休息了，再沒有什麼比聽到你們兩個愉快安逸的度假更讓我開心的了。

我非常希望去看你們，但現在看起來不太可能，恐怕這個夏天都沒有機會了。

我的身體不斷好轉，狀態良好，思維清晰，正在充分地享受生活。

這個夏季，來訪的客人絡繹不絕，讓我非常開心。

上週三英格里斯先生一到賓館，我就派人去請他，並把他所有行頭都搬來了。他就一直住在這裡，穿上我的大禮服，看起來很適合，但昨天晚上他自己的衣服也寄到了，他穿上之後就更帥了。他似乎對自己的工作充滿熱情，我們大多時候都待在一起。我不知他想待多久，但只要他覺得舒心，他想待多久就待多久，我都非常願意。以後，你會理解這種情況的。此後，我也會盡力幫助他的。

這裡有蔬菜、牛奶等，你們享用沒問題，不用入帳。你知

道，記帳很麻煩的。

　　我非常喜歡你們送我的克蘭 —— 辛普利斯車，或許我可以再訂購一輛，但是我還沒下最後決心。

　　至於馬匹、馬車等，我沒有換新的。幾個月前我曾寄給你關於這方面的簡單報告，秋天時可能還會再做個備忘錄。我的匯報裡提到，這個夏季，波坎蒂科山莊的馬車夫們都表現得相當不錯。當然，我們對他們好，也沒有讓他們做多少苦差事，他們也應該竭力予以回報。

　　很開心聽說第二張肖像畫正在臨摹，我希望能畫得很像。我一直在想，你請的那位女畫家會如何用我的照片來臨摹出肖像畫。

　　薩金特先生[058]隨時都可以來這裡。在你到波坎蒂科之前我可能都不會到那裡。我不知道他此時在哪裡，至今也未嘗試聯絡他。你也許希望他先給艾比畫像，如果真是這樣，我也會非常高興的。我愛你們每一個人。

深愛你的
父親

---

058　約翰·辛格·薩金特（John Singer Sargent），美國藝術家，曾為約翰·戴維森·洛克斐勒畫過 2 幅肖像畫，一幅作於 1917 年春季的佛羅里達奧蒙德海灘，一幅作於秋季的波坎蒂科山莊。

親愛的兒子：

　　我們送了一塊蛋糕給你和艾比，上面寫著 1855 的字樣。1855 年 9 月 26 日是一個特殊的日子，代表著我事業的起步。我們好好慶祝了一番。艾葉思（Eyears）夫人和女兒、巴斯特德（Bustard）先生和夫人、斯凱德（Sked）小姐和比格（Biggar）醫生，都參加了慶祝活動。這一天過得非常歡快、愉悅。

　　我們很高興你們安全回來了，希望過幾天與你們相聚。我們推遲了 2 次出發的日期，因為我正在接受一些治療，而這些治療似乎對我有效。

　　我愛你們每一個人。

深愛你的
父親

百老匯大街 26 號
紐約
1917 年 10 月 2 日

親愛的父親：

為了償付去年秋天在華盛頓高地（Washington Heights）購買的那塊地皮，我貸了 1,600,000 ～ 1,700,000 美元。考慮到要被徵較高的收入所得稅，以及我必須支出的生活費和慈善捐贈，接下來的 12 個月裡，想透過收入盈餘降低這個貸款額，我可能做不到。在當前形勢下，我感覺如此程度的舉債不是很明智，因此，我很想出售印第安那的股票，來減輕部分貸款壓力。

市場需求不旺，在過去 3 或 6 個月裡，股價跌得厲害。我沒有奢望賣出 1,000 股，甚至這幾個星期，我覺得要賣出一半都不太可能。但認真比較一下我的各種投資，這個做法對我來說似乎是最佳選擇了。

在您給我這支股票的時候，市場價略低於每股 900 元，而在今年 2 月 19 日，您寫信要我把更多股票轉到基金會的時候，您也說，「今天這些股票的市場價值是每股 876 美元」。我知道這個時候出售股票意味著很大的損失，但還是覺得這麼做是明智之舉。

我從財務部了解到，這些股票轉出的時候，您沒有折算它們的價格，沒有登記，所以我的帳簿中也沒有登記這些股票的價格。鑑於我決定賣出，如果您能幫我確定這些股票價格以便完整我的帳簿紀錄，我將不勝感激。

深愛您的約翰

百老匯大街 26 號
紐約
1917 年 12 月 18 日

親愛的父親：

　　失去了森林山（1917 年 12 月，森林山莊園毀於火災 ——
譯者注），我們彷彿失去了一位非常親近的終身朋友。我最早
的記憶就是在那座老宅。在那裡我們度過了多麼快樂的童年。
我們和您還有媽媽在一起多麼甜蜜，這些記憶太珍貴了。難以
置信老宅真的消失了。即便最近幾年我不常去那裡，但每次回
去都讓我開心不已，這不僅僅是因為高興和您在一起，也是因
為再一次重現以前時光帶來的快樂。

　　我一直在想，如果您繼續住在那裡的話，您會怎樣安排。
麥柯迪（McCurdy）的老房子是唯一適合您的。也許可以收拾
一下，暫供當前居住，直到您決定下一步該怎麼做。關於這件
事，或將來的打算，如果有什麼我可以做的，我會非常高興盡
一切努力。

　　我的感冒好多了，但還是需要加倍小心。上週我在家裡待
了兩三天，昨天第一次進城。整體而言，我的身體還是很棒，
休息這幾天，身體很快就恢復。我們計劃這週五去柏油村，在
那過耶誕節，且打算下週再多待幾天，希望到時您也能過來。

　　幾天前，埃文夫人捎來訊息，請我到雷克塢去，我非常感
動。我很想去，但是現在看來不太可能了。

　　期待早日見到您。

深愛您的約翰

百老匯大街 26 號
紐約
1917 年 12 月 19 日

親愛的父親：

　　幾年前，我建議過您獎勵西蒙·弗萊克斯納（Simon Flex-ner）醫生 50,000 美元，以回報他為醫學研究院所做的卓越貢獻，同時也為他不斷擴大的家庭提供較充裕的條件。他現在的薪資是 12,500 美元。最近我又提起了這件事情。我越想越覺得這種行為會展現您的仁愛高尚，而且西蒙·弗萊克斯納醫生的貢獻也完全值得這樣的獎勵。就在不久前，亞歷克斯·卡雷勒（Alexis Carrel）醫生因其科學成就獲得了諾貝爾獎。弗萊克斯納醫生在前沿醫學和防治疾病領域的貢獻和卡雷勒醫生一樣重要。也許只是因為沒有獲得那麼多的關注。還有，除了在研究院裡的工作外，弗萊克斯納醫生的工作非常龐雜。他是洛克斐勒基金會、美國中華醫學基金會（the China Medical Board）、國際衛生委員會（the International Commission）的成員。他為這些組織犧牲了大部分時間，而且我們也常常向他諮詢各種問題。由於他個人工作能力及他與這些不同組織的關係，使他在研究院裡的地位非常顯著，因此，他的生活水準及招待來客方式不得不與其他不那麼著名的人不一樣。這就意味著他更多的支出。

　　華萊士·巴特利克（Wallace Buttrick）醫生的薪資是 12,000 美元。亞伯拉罕·弗萊克斯納（Abraham Flexner）醫生 [059]、喬

---

059　西蒙·弗萊克斯納醫生自從 1901 年洛克斐勒醫學研究院成立以來，就是該院的院長。亞歷克斯·卡雷勒醫生是研究院的研究員，因研究出一種防腐溶液而出

治·E·文森特（George E. Vincent）醫生 [060]、福斯迪克（Fosdick）先生的薪資都一樣，也是這些。這幾位的薪水調整到這個水準還沒多久時間。西蒙·弗萊克斯納醫生的薪資是 12,500 美元，已經有好多年了。

這件事我與墨菲先生談過幾次，他表示完全理解。我真心希望得到您的首肯。

深愛您的<br>
約翰

---

高爾夫球俱樂部<br>
紐澤西州雷克塢<br>
1917 年 12 月 21 日

親愛的兒子：

你 19 日來信詢問，提升西蒙·弗萊克斯納醫生的薪水好不好？我們要好好考慮一下，在方便的時候再進一步討論。

深愛你的<br>
父親

---

名，同時也是一名外科醫生。

060 華萊士·巴特利克曾是普通教育委員會的祕書長，後來擔任該委員會的主席。喬治·E·文森特是洛克斐勒基金會的主席。

高爾夫球俱樂部
紐澤西州雷克塢
1917 年 12 月 21 日

親愛的兒子：

　　你 20 日的來信收悉。信中提到，是否可以問問威爾伯恩先生，看他或其他什麼人想不想購買公司的股票，和我們成為合夥人。如果他們有此意，在需要的時候我們就可以協助他們。也許你會發現這沒必要 —— 他們都是資本家。但是，我覺得幫助他們的首要方式是公司貸款給他們。

　　不幸的是，和你的悲傷處境一樣，我一直想幫助每個人、做好每件事，最後讓自己陷入孤立無援境地。但是，我仍然希望，在未來幾年後，我能夠得到公正的評價。

　　我的證券已經蒙受了巨大損失，因此，迫切希望節省使用現金，以彌補一些損失。

深愛你的
父親

親愛的父親：

我們已經巡視完礦區，並於昨晚深夜到達丹佛。

在礦區看到的情景以及礦工和管理人員表現出來的精神面貌，讓我們感到欣慰。

我們在普埃布洛待了幾天，考察了幾家軋鋼廠，總共大約有 6,000 名員工。我們還在午餐會上會見了工人代表和同樣多的管理人員，之後我們又單獨會見了這些代表。兩次會面，代表們都表達了他們對勞工代表制度的熱情擁護和堅定的支持。

有天晚上，我在普埃布洛最大的禮堂對 1,000 多人演講，其中有 1/3 到 1/2 的聽眾是燃料公司軋鋼廠的員工和他們的家屬。

雖然現在有點疲勞，但我和艾比身體狀況極佳，到目前為止對我們的行程非常滿意。

我已經確定 8 月 10 日要在沙托克瓦（Chautauqua）演講，也就是說，為了這次演講，我必須從海豹港去那裡一次。信中提這件事，主要原因是，我之所以答應去那裡演講是因為我有機會去波坎蒂科看望您。因此，我希望您這個暑期的計畫是 10 號左右不離開波坎蒂科，這樣我就可以在那裡陪您待一個晚上。

深愛您的
約翰

> 高爾夫球俱樂部
> 紐澤西州雷克塢
> 1918 年 7 月 10 日

親愛的兒子：

　　我準備贈授你加利福尼亞標準石油公司的股票 166,072 股。

　　我已經指示辦公室把這些股票轉至你的名下。

深愛你的
父親

> 高爾夫球俱樂部
> 紐澤西州雷克塢
> 1918 年 7 月 30 日

親愛的兒子：

　　今天我將贈授你美國亞麻籽油公司的股票普通股 18,800 股和特別股 22,400 股，以及雷克塢工程公司的股票 500 股，國際農業公司特別股 4,200 股，大西洋煉油公司股票 12,423 股，真空油公司股票 37,269 股，紐澤西州標準石油公司股票 13,000 股。我已經請休斯頓先生把這些股票轉至你的名下。

深愛你的
父親

親愛的父親：

您 30 日來信說贈授我的證券昨晚到帳了，我深感震驚。

在我離開波坎蒂科之前您曾送我一份大禮，在那一刻我才開始明白這樣贈授的重大意義，而如今您又送來一份同樣厚重的禮物。

親愛的父親，我發自心底感謝您的慷慨，這進一步證明了您對我的信任和深情。

您為我創造了無盡的機會，讓我去做慈善。

我只能希冀和祈禱，像您一樣地忠誠、睿智和慷慨。

希望不辜負您對我的信任，再一次向您表達我最深沉的感謝和最真摯的愛。

深愛您的
約翰

高爾夫球俱樂部
紐澤西州雷克塢
1918 年 9 月 12 日

親愛的兒子：

9 日來信收悉。你無法想像我們在一起的這 2 週有多高興。

你很忙，但你似乎總是擠出時間來看我。我越來越珍惜我們在一起的時間，這種感受無以言表。

你的人生繼續承擔我卸下來的重任，這真是天意啊！早些年我並沒有預料這些責任如此重大，也從沒夢想過你能如此快速而圓滿地承擔起來，一般人認為推卸這些責任也在情理之中，而你卻超越了這種思想。

我無法用語言表達對你的讚賞感激之情。未來有大量的事業等你去完成。不要身陷瑣碎小事中，讓別人去處理這些事情。我們還要一起規劃和奮鬥。我願意工作得更久一點，幫你盡一份力。我希望你能照顧好自己的身體，這是宗教上的一種責任 —— 只有自己保持健康和強壯，才能完成為世間承擔的更多工作。

深愛你的
父親

百老匯大街 26 號
紐約
1918 年 11 月 9 日

親愛的父親：

　　幾天前，在貝德福辦公室我談「美國戰爭工作運動（the United War Work Campaign）」的時候，遇見了幾個石油界的人士，其中有一位是哈利·F·辛克萊（Harry F. Sinclair）先生[061]。出於對這場運動的關心，幾天後他和他的夫人來參加一場音樂會，我們做了進一步愉快的交談。隨後他寫了一封信給我，部分內容摘抄如下：

　　「在上週五的石油會議（the Petroleum Meeting）上，我們的主席 A·C·貝德福先生建議您的父親也許可以抽時間來參加一個這樣的會議。我真誠希望他能來，即便他的幾句忠告和鼓勵的話都將彌足珍貴，因為大家都明白，在如今世界陷入戰爭時刻，石油行業穩定形勢很大程度上歸功於他工作和管理上的卓越才智。」

　　辛克萊先生是我們這場運動中一個小組的成員。昨晚我在小組晚宴上見到了他。他再次真誠地表示，希望您在合適的時候會見一下那些石油界的人士。我告訴他，您很少待在城裡，於是他說，「我們要是能去他家，更是求之不得。」我回答他說，容我想一想，我不知道能否安排。

　　我確實認為，如果您能安排會見他們，那就意味著將與這

---

061　A·C·貝德福是紐澤西州標準石油公司的一個董事，也是生產委員會（the Manufacturing Committee）的一個成員。哈利·F·辛克萊是辛克萊原油採購公司（the Sinclair Crude Oil Purchasing Company）的總裁。

個國家石油界人士建立起恆久融洽的關係。可以安排在波坎蒂科山莊嗎？那樣的話，他們不就可以在午餐後的某個下午直接開車來了嗎？如果這是最方便的話，他們可以和您聊上幾個小時，然後再回去。

　　我本想這週末再和您談這件事，但是很遺憾，我無法離開紐約去柏油村過週日。

深愛您的<br>約翰

親愛的父親:

我與貝德福先生及蒂格爾 (Teagle) 先生就有關他們公司的一個重大事項談了一個小時。我認為他們應該親自和您談一談,找一個您們彼此都方便的時間。這兩人週五之前無法去雷克塢,我已經做好安排,他們將在週五傍晚搭 5 點火車去,週六早晨返回,您看這樣是否恰當?他們兩人也無法早點去您那裡,因為公事纏身,而且蒂格爾先生週六下午還想去一趟克利夫蘭,這樣看來,見面的時間只能這樣安排了。他們說住在賓館就好,但是我告訴他們,您會非常開心他們住在家裡的。

如果您不反對,他們將搭乘週五下午 5 點的火車出發,到時會和您共處一晚的。

深愛您的
約翰

親愛的兒子:

我準備贈授你 50,000 股紐澤西州標準石油公司的股票。我已經寫信給卡里先生,指示他把這些股票轉至你的名下。

深愛你的
約翰‧戴維森‧洛克斐勒

書信

親愛的父親：

　　接到您 2 月 6 日來信說您把紐澤西州標準石油公司的股票贈授給我，我再一次震驚了。我無需說，每份大禮對我都意味著深深的囑託，因為我意識到我每天的生活都充滿著這些大禮帶來的使命。在過去的幾年裡，您的慷慨讓我迅速肩負起深深的責任，若不是看到了伴隨責任而來造福人類的前景，我早被這重擔壓垮了。

　　我對您的敬仰與日俱增，您的學識、您的智慧、您的遠見為這個世界帶來了深遠的影響。我越來越意識到，您對企業、商業或慈善事業的巨大價值，而且我向您保證，我要努力學習您無可比擬的慷慨，努力達到您那樣的睿智水準，這將是我的驕傲，也是我莊嚴的責任。每當我因為人們狹隘、吝嗇、嫉妒而受挫時，我就會想起您的耐心、大度和基督式的寬容，於是我又重拾信心。我往往感到，一個人無論怎麼盡最大的努力，因為是一個人，所以成效不可能很大，每當有這種壓抑的想法時，只需回想起您卓越人生的輝煌成就，我就充滿勇氣面對眼前的困難。

　　上帝引導您度過精彩人生，您為他忠誠勞碌地奉獻，我同樣希望上帝引導我踏上這條由責任和奉獻鑄造的道路，幫助我繼續履行您用堅毅和智慧建立之造福人類的偉大事業。

親愛的父親，謝謝您的厚禮，謝謝您對我源源不斷的信任。願上帝保佑您，並幫助我達到您人生中那樣的至高理想。

深愛您的
約翰

百老匯大街 26 號

紐約

1919 年 2 月 12 日

親愛的父親：

　　幾天前，在布朗大學校友聚餐時，查理·密拉德（Charlie Millard）就坐在我的對面。我詢問他柏油村退伍老兵和水手就業困難的問題，他告訴我說，為解決這類問題已經成立了委員會，而且他被推選為這個委員會的主席。他還說，許多人都得到了安置，但還有很多不同級別的人士在尋找工作。

　　我主動提出，我們或許可以從這些人中挑選比較優秀的去波坎蒂科，那裡有不同的工作，但我說我要先問一下我們那裡是否有這樣的需求。

　　我認為，在接下來的幾個月裡，想避免我們國家發生暴動和騷亂，最好的方式是確保從戰場上回來的士兵能夠再就業，而且最好是到他們赴戰場前原來的職位上去，安排越快越好。很明顯，如果不這樣做，最終就會導致不滿，滋生動亂。

　　在盡可能的情況下，紐澤西州標準石油公司已經把接收所有過去員工再就業作為一項政策，即使當前僱傭這些人並非絕對必要。這項政策包括僱傭適合工作的傷殘士兵。分配每個人工作時必須考慮他們的身體限制。

　　蓋瑞法官私下告訴我，鋼鐵公司也在採取同樣的政策。這項政策對我來說似乎非常重要。

　　我想知道您是否覺得在波坎蒂科山僱傭那些有技能或沒技

能的退伍老兵是對解決當下問題的一大貢獻，當然前提是，這裡有職位或者有適合這些人做好和承擔的工作。不是有需要大量人力的修路工作嗎？維護森林的工作不也滿好的嗎？開發土地來耕作也需要人手。您的水利工程和圍繞水利修建道路等現在也安排行程了吧？我提出的建議供您參考，我相信這是一個值得馬上行動的計畫。

深愛您的
約翰

奧蒙德海灘
1919 年 2 月 18 日

親愛的兒子：

關於你 12 日的來信，我贊同你對回鄉老兵問題提出幫助他們就業的重要建議。我聽到不只幾個人說，他們希望自己的職位能比原來的更好一點，因此不滿足於還做原來的工作等等，所以我建議每個人的情況都要謹慎處理。我希望公正公平地對待這些人，不想因為一時興起做不合理安排，使他們的能力得不到提升，生活水準得不到改善。

當前，波坎蒂科的情況也很艱難。也許你透過我離開之前的那次談話猜到了我的想法，基於這種情況，啟動一些新工程並非易事 —— 稍向後推遲也偶爾難免。我願意盡我們所能去做，但也希望避免僱傭一些只要最高回報卻不想付出一點的懶人。我建議我們不要操之過急，讓這個安置過程自然發揮作用，讓這些人申請人一個一個來，並根據他們的特長作安排，當我們不再需要他們的工作時，可以終止合約。

我希望你找個方便的時間和艾理斯（Ellis）就這個問題談一談，但告訴他先不要馬上採取行動。請寫信告訴我他對當前形勢的看法，以及任何有助於改善當前狀況的建議。

同時我也在認真思考這個事情，我已經寫信給他了。

深愛你的
父親

親愛的父親：

　　您 18 日的回信收悉，還是關於退伍老兵在波坎蒂科就業的事。上週我與艾理斯先生就這個問題又討論了一次。我們兩個一致認為，不應該良莠不分或大批地僱傭老兵，但如果申請人申請的工作剛好適合，那麼艾理斯就可以直接僱傭。

　　今年春天來得早，一些工作可以提前動工。艾理斯時不時地就需要增加些人手，除了普通工人外，尤其需要一些油漆工。但是，他告訴我，當前情況他還不需要請人。我希望您能批准在波坎蒂科需要人時僱傭那些老兵。

深愛您的
約翰

百老匯大街 26 號
紐約
1919 年 9 月 12 日

親愛的父親：

　　接到辦公室的消息，已收到您贈送的用於慶祝媽媽誕辰紀念日的 1,000 美元，謝謝您。我們無需這些紀念日才能銘記媽媽，在她的陪伴下我們的家庭生活曾經多麼快樂。最近，我特別想念媽媽，我多麼希望在遇到困惑時還能去她那裡商議並聆聽她的建議。她有相當理智、健全的判斷力，那麼公正又總那麼仁慈。隨著歲月的增長，我覺得越來越感激媽媽，同樣也感謝我們的好父親曾經把媽媽的愛更多地分享給了我們。

　　真誠感謝您的禮物。

深愛您的
約翰

高爾夫球俱樂部
紐澤西州雷克塢
1919 年 11 月 20 日

親愛的兒子：

　　今天我準備贈授你紐澤西州標準石油公司普通股 50,000 股。

深愛你的
父親

親愛的父親：

您 20 日的來信收悉，信雖簡短但情深義重，您又贈送我紐澤西州標準石油公司的股票，讓我何以用感謝二字表達心底恩情。

面對如此規模和持續的慷慨厚贈，我能說些什麼呢？真的，語言已不能表達我的感激，這再一次證明了您對我的無限父愛和您對我的極大信任。我只能希望我的努力及為同胞所為能無愧於您的信任。

我從心底感謝您。

深愛您的
約翰

百老匯大街 26 號
紐約
1920 年 1 月 22 日

親愛的父親：

　　週二一大早我去了威廉叔叔（Uncle William）的家 [062]，他是前一天晚上回到家的。當時他和孩子們正在餐廳裡。叔叔很開心地談到您和他一起去了沙凡那（Savannah），有您在他安心了許多。他盡可能地表現出堅強，但有種說不出的孤單。

　　昨天上午 10 點半，在家裡舉行了簡單的葬禮，只有直系家屬參加。前天我問過珀西（Percy）他們是否願意讓我們一起去墓地。他委婉表示只有他們家人悄悄地去，因此我們就沒去。

　　我希望您回奧蒙德時沒得感冒，也不會太過疲倦。

　　非常感謝您 20 日發來的電報。艾比的身體正在恢復，我也在努力讓自己成為一個睿智精明的人。

深愛您的
約翰

---

062 阿爾邁拉·顧塞爾·洛克斐勒（Almira Goodsell Rockefeller）是威廉·洛克斐勒（William Rockefeller）的妻子，卒於 1920 年 1 月 17 日。她育有 4 個兒女：艾瑪·洛克斐勒·麥克阿帕恩（Emma Rockefeller McAlpin）、威廉·顧塞爾·洛克斐勒（William Goodsell Rockefeller）、珀西·艾弗里·洛克斐勒（Percy Avery Rockefeller）和艾瑟爾·嬌拉汀·洛克斐勒·道奇（Ethel Geraldine Rockefeller Dodge）。

親愛的父親：

很高興知道您收到並喜歡那座鐘。我希望把它掛在壁爐上作為裝飾，您仍能喜歡。

魯特姨媽（Aunt Lute）[063] 上一週都病得很厲害。接近週末時她的肺部才痊癒。但醫生擔心她體力不支。他覺得週五晚或週六是危險期。週六相安無事，現在魯特姨媽身體好轉很多。週六晚上是她一週中睡得最好的一個夜晚，情況看起來非常樂觀。

週五晚上我去了匹茲堡（Pittsburgh），週六晚上在晚宴時做了關於國際教會組織運動（the Interchurch World Movement）[064] 的演講，聽眾來自美國各地。緬因州的州長也做了演講，我有幸與他相鄰而坐。他儀表堂堂，是我見過最優秀的年輕人之一。他們告訴我，他在競選州長時說，既然禁酒令已成為國家的法律，那麼他想在緬因州推行這項禁令，如果這項禁令能在國家軍隊得以推行的話。這位年輕人高大、英俊、聲音洪亮、謙遜而安靜，在我看來，頗具領導者的潛能。

上週，我家已經有 6 個傭人染流感臥床。現在他們正在

---

063 魯特姨媽也就是露西·斯佩爾曼，是蘿拉·斯佩爾曼·洛克斐勒的妹妹，在 1915 年蘿拉去世後的幾年裡，露西擔任了老洛克斐勒的女管家。在 1920 年露西去世後，接任她女管家位置的是來自俄亥俄州她的表妹芬妮·伊文斯。

064 國際教會組織運動由 31 個新教派發動，旨在募集 3 億多美元的資金，來推動他們的教會工作。該運動募集到了 1 億 7 千多萬美元，但是卻沒有促進他們教會間的聯合。

117

好轉。孩子也病了 3 個，但是除了勞倫斯（Laurance），其他孩子基本上都好了，雖然還沒有徹底痊癒。艾比的身體在慢慢好轉，但是體力恢復不快。我們非常開心見到了芬妮·伊文斯（Fanny Evans）夫人，希望她不在家沒有給您帶來任何不方便。

深愛您的
約翰

百老匯大街 26 號
紐約
1920 年 2 月 16 日

親愛的父親：

我寄給您 2 枚 Tiffany 的金別針，約爾迪（Yordi）先生說您打高爾夫時可能會用到，別在衣領上。請接受這份禮物，為紀念芭比（Babbie）和我去年冬天 2 次去您那裡的快樂時光。

深愛您的
約翰

佛羅里達奧蒙德海灘
1920 年 2 月 17 日

親愛的兒子：

今天我準備贈授你面額 65,000,000 美元，利率 3.5%的美國政府第一自由公債債券。

深愛你的
父親

百老匯大街 26 號
紐約
1920 年 2 月 17 日

親愛的父親：

這麼長時間以來我和艾比一直心存感念，您慷慨饋贈了我們這麼多大禮，讓我們每天生活得更幸福、輕鬆、舒適和快樂。我們常住的阿比頓山莊擴建裝修，方便又舒適，在波坎蒂科的這座房屋對我們來說太珍貴了。我們很榮幸地與您分享農場的雞蛋、牛奶、奶油、禽肉等食品，來自溫室的鮮花和植物讓我們紐約和波坎蒂科山的家裡整個冬季都美麗如春。我們有駿馬騎行娛樂，有便捷的電器使用 —— 所有這些和許多其他一切，都是您帶給我們的。

親愛的父親，請相信，雖然我們很少直接說出感謝的話，但我們內心深處是滿滿的感激，您無限的愛時刻圍繞著我們。正是生活中這樣的小事帶來幸福，而這麼多的小事更是給我們生活帶來諾多愉悅和快樂。

那麼，請相信我和艾比說的這些話，不要把它當成感激的充分表達，而要僅把它當成感激之情不斷流淌的管道。

深愛您的
約翰

 書信

佛羅里達奧蒙德海灘
1920 年 2 月 23 日

親愛的兒子：

　　17 日來信收悉，信中表達了對我的無限感激。你很有感恩之心，而且從來沒有吝嗇表達感激之情。我非常高興你享用我贈授你的任何東西及一切。

　　我愛你們所有人。

深愛你的
父親

親愛的父親：

我理解波坎蒂科的房屋維護是一個很嚴重的問題。留住優秀工人很難，即使我們能夠提供很舒適的住宿條件。若沒有好的住宿條件，就更難了。我認為我們應該在波坎蒂科建一些娛樂設施，增加吸引力，來留住工人。納爾遜先生在這方面很在行，我希望和他交流一下。

您記得吧？我和艾比曾經建議把肖伊（Scheu）房變成一個社區活動中心。最近，艾比又提出為什麼不買下摩爾夫人的老酒吧，把它改造成社區中心或兩三間家庭公寓。建造房屋需要很長時間。如果這座房屋要價不是過高，艾比的想法倒是值得考慮。如果您贊同這種想法，或許您可以儘早行動。

深愛您的
約翰

附言：謝謝您送給溫斯洛普（Winthrop）100 美元的生日禮物，我們剛剛收到。溫斯洛普會親自寫信給您的。同時，我和艾比向您表達最真誠的謝意。

高爾夫球俱樂部
紐澤西州雷克塢
1920 年 5 月 25 日

親愛的兒子：

　　我希望你隨時可以與我商討公司事務。能為你做點什麼我非常開心，歡迎你到來，因為對你的事情我非常關心，如果我的經驗對你有任何幫助，哪怕是一點點，我都會高興而為。

深愛你的
父親

高爾夫球俱樂部
紐澤西州雷克塢
1920 年 5 月 29 日

親愛的兒子：

　　今天，我準備贈授你 186,691 股的紐約標準石油公司股票。我已經指示卡里把這些股票轉至你名下。

深愛你的
父親

親愛的父親：

我們的旅行到目前為止相當愉快。搭乘的汽車很漂亮，很舒適，很實用，司機也很好。

週日清晨到了克利夫蘭，在車上吃過早餐後，我們前往賓館待了一會，然後驅車去了洛磯河（Rocky River）。一路上我們開心地欣賞兩側美麗的民宅。回來的路上，我們去了教堂，做了晨禱。在教堂見到幾個我認識的人 —— 歐茲波恩（Osborn）夫人、珍（Jean）和威爾（Will）、雷諾茲（Reynolds）夫婦、艾森斯伯格（Etsensperger）小姐，以及其他一兩個人。之後，我們沿著赤夏大街（Cheshire Street），從 33 號一直開到 997 號。沿途看到了那座老屋，真讓人激動。

我們到了墓地，在那裡停留一會，在媽媽和魯特姨媽的墓前擺放了鮮花。當我們到達森林山時，西姆斯先生、史密斯（Smith）先生和派特（Pat）正在門口迎接我們。我們在蘇必略大街（the Superior Street）靠近小溪邊的地方吃了午餐，我們自己生火，烤肉排。史密斯先生還把他非常精心為我們做的冰淇淋拿來。孩子們非常喜歡這裡，認為這是他們見過最美的地方。我們沒有駕車在周圍鄉間和公園兜風，因為孩子們懇求在這裡待一個下午，晚餐也要在樹林裡吃。於是我去了史密斯夫人的家 —— 她非常和藹，給我一些食物和牛奶 —— 然後我又去了麵包店，買了些晚餐吃的東西，我們是在小船屋旁吃晚

餐。孩子們喜歡小船,在湖上划個不停,遲遲不願離開。

8 點多才回到車上,大家感覺再也沒有比這更快樂的一天了。

房子沒有了,森林山莊看起來怪怪的。只有地窖還在。但是孩子們喜歡這裡,他們疑惑您為什麼不在這裡建一座小屋。我不十分肯定,如果您要建小屋的話,您會把它建在原來房屋的位置上,因為向湖面和城市方向望去,視野中竟是煙霧和工廠。但這個地方真的迷人,還是那般的魅力如初。大家都親切地問起您。

今天上午我們就能到達芝加哥,與哈利·普拉特·賈德森(Harry Pratt Judson)博士[065] 一起吃午餐,之後,晚上再去奧馬哈市(Omaha)與蓋瑞先生匯合,他會順路把我們送到丹佛。

我們剛收到溫斯洛普的好消息,他雖然出了一些麻疹,但身體正在好轉。

我們都深深地愛著您。

約翰

---

065 哈利·普拉特·賈德森曾是芝加哥大學的校長和洛克斐勒基金會的理事。

親愛的父親：

　　孩子們在阿莫斯（Amoss）醫生的精心呵護下，病情都有很大的好轉[066]。芭比已經可以起床出去玩有兩三天了，雖然她是最後一個病倒的。勞倫斯也幾乎痊癒了，納爾遜也在好轉，只是還有點虛弱。我們在賓館住得很舒服，照顧我們的是兩位非常專業的護士，一切順利。

　　上週我和約翰考察了礦區、鋼鐵廠，還驅車到周圍美麗的山村轉了轉。我們這一週行程會有 700 多英里，昨天晚上才回到這裡。

　　明天，也就是週一的晚上，我要動身前往舊金山。到了那裡，我覺得我應該見一見加利福尼亞標準石油公司（California Company）的總裁金斯伯里（Kingsbury）先生，他特別想見我，毫無疑問要繼續研究一下我們在紐約告別前討論過的事情。墨菲寫了一封信給我，意思是，最好能與他開誠布公地談，以了解真相並達成一定程度的共識。您 5 月 29 日的來信對我很有幫助，我會記住如何與金斯伯里先生交流的。到目前為止，他和他的高層只提出一些大致要求。我認為我必須和他具體談一下他們對人力和資金方面的要求。很明顯，就像蒂格爾說的那樣，金斯伯里先生就是在談判之初放一顆煙霧彈。我們需要做的就是面對面攤牌。

---

066　1920 年 5 月 26 日到 8 月 4 日期間，艾比，小洛克斐勒及他們 4 個稍大的孩子，搭乘私人火車到美國西部旅行。其中有 3 個孩子在旅行途中罹患麻疹。

我們將在舊金山待 2 天，週日去蒙特里（Monterey）附近的卵石灘（Pebble Beach），週一去聖巴巴拉（Santa Barbara），在那裡待一週，之後的行程大部分就按原計畫進行。

儘管生病為我們帶來不少麻煩，但我們幸運地戰勝病魔，並因此使我們堅信接下來的旅程，任何苦難都不再是問題。

回想起去年您生日時我們一起度過的快樂時光，我們現在尤其遺憾不能和您一起過生日，我們向您表達最美好的祝福。

謝謝您給大衛當生日禮物的支票，身為他的父母，我們代表他向您致以深深的謝意。

我們都愛您。

深愛您的
約翰

小洛克斐勒之子大衛·洛克斐勒和母親艾比·洛克斐勒，攝於 1920 年代

親愛的兒子：

上個月 14 日的來信收悉，信中提到要請保羅・曼西普（Paul Manship）[067] 做半身像的事，我並不想讓曼西普先生再做一個，至少現在不想。我對那尊半身銅像並不完全滿意。也許我並不適合做半身像。如果有其他人可以勝任的話，我也不反對考慮再做一個。

至於在茶樓前面，放上一座雕像，我倒覺得滿漂亮的，但是價格真的太高了，所以我有點猶豫，但我會繼續觀察和研究的，再好好想一想。

深愛你的
父親

---

067 波坎蒂科山莊茶樓前的塑像據稱是由法國藝術家奧古斯丁・帕如（Augustin Pajou）（1730～1809）雕塑的。帕如是路易十六的宮廷御用雕塑師，以雕塑人物半身像著稱。小洛克斐勒去世後，大都會藝術博物館的專家們鑑定這座雕像並非帕如的原作，於是納爾遜・歐德利奇・洛克斐勒叫人將其移走。保羅・曼西普是美國的雕塑家，洛克斐勒中心的普羅米修斯（Prometheus）雕像也出自他手。

洛克斐勒莊園
紐約波坎蒂科山
1920 年 10 月 22 日

親愛的兒子：

　　我正安排贈授你一張 500,000 美元的支票。下週一就可以
使用。

深愛你的
父親

洛克斐勒莊園
紐約波坎蒂科山
1920 年 10 月 23 日

親愛的兒子：

　　我準備贈授你一張 500,000 美元的支票。下週二就可以
使用。

深愛你的
父親

百老匯大街 26 號
紐約
1920 年 10 月 25 日

親愛的父親：

　　剛剛收到您週六給我的非常大禮，還沒來得及說聲感謝，您的另一份同樣厚重的大禮又到了。

　　再一次真誠地由衷謝謝您。天底下從來沒有像您這樣慷慨、這樣情深、這樣體貼的父親了。

深愛您的
約翰


洛克斐勒莊園
紐約波坎蒂科山
1920 年 10 月 28 日

親愛的兒子：

　　今天我準備贈授你一張 500,000 美元的支票。馬上就可以使用。

深愛你的
父親

百老匯大街 26 號
紐約
1920 年 10 月 28 日

親愛的父親：

　　您這形成習慣了，真讓人開心！您今天來信，給了我第三份禮物，這和收到第一份禮物時一樣讓人興奮。

　　我要再次發自內心地謝謝您。要我怎樣才能清楚地表達我對您慷慨饋贈的感激呢？

深愛您的
約翰

洛克斐勒莊園
紐約波坎蒂科山
1920 年 11 月 5 日

親愛的兒子：

　　今天，我準備贈授你 700,000 美元。卡里此刻正在經辦此事。

深愛你的
父親

百老匯大街 26 號
紐約
1920 年 11 月 8 日

親愛的父親：

　　請允許我再一次對您 11 月 5 日的信中饋贈表達感激。前兩天吃晚餐時，我曾想向您表示感謝，但當一個兒子如此頻繁地強烈感受到父親的慷慨時，所有的語言都蒼白無力了。

　　親愛的父親，謝謝您，一千遍、一萬遍。

深愛您的
約翰


洛克斐勒莊園
紐約波坎蒂科山
1920 年 11 月 12 日

親愛的兒子：

　　我準備送你一張 1,000,000 美元的支票，希望你運用你的智慧和才能好好使用這筆錢。

深愛你的
父親

洛克斐勒莊園
紐約波坎蒂科山
1920 年 11 月 15 日

親愛的兒子：

　　今天，我準備贈授你一張 1,000,000 美元的支票，卡里會把支票轉交給你。

深愛你的
父親

洛克斐勒莊園
紐約波坎蒂科山
1920 年 11 月 15 日

親愛的兒子：

　　明天上午我準備給你 500,000 美元現金。

深愛你的
父親

洛克斐勒莊園
紐約波坎蒂科山
1920 年 11 月 17 日

親愛的兒子：

　　今天，我準備給你 500,000 美元的支票。卡里先生此刻正在辦理。

深愛你的
父親

親愛的兒子：

　　今天，我準備贈授你面額 20,688,000 美元的紐約州政府和紐約市債券，我已經指示卡里將它們轉至你的名下。

深愛你的
父親

親愛的兒子：

　　謝謝你，謝謝艾比，謝謝所有的孩子們。你們送我太多的聖誕禮物，它們那麼漂亮，讓我在遙遠的奧蒙德也能感受到你們濃濃的愛意。

　　你們不懈的奉獻和關愛是我快樂和幸福的泉源。

　　我愛你們所有的人。

深愛你的
父親

西 54 街 10 號
紐約
1920 年 12 月 31 日

親愛的父親：

我們在紐約過了一個非常愉快的耶誕節。聖誕樹放在大育嬰室裡，為每個家庭成員準備的禮物一堆堆地擺滿了房間。我們非常想念您和芭比，感覺你們不在，這個家就不完整。

我一直想和您說，實在抱歉，我好像弄丟了一張我自己的小照片，問題是，一起弄丟的還有三張約爾迪給我的三張女孩子們的照片，而這三張照片我已經為您裱在一起了。對此我非常抱歉，我擔心裱好的照片一定是跟我的很多信件一起從信封裡滑落了，我到處找都找不到。如果我能夠在我們的任何相簿裡找到別的翻版的話，我會請人把它裱成和原來的那張一樣，送給您。

昨天下午，我們在家裡舉行派對，非常開心。參加派對的有 40 人左右，他們都是來自墨西哥、西印度洋群島、中美洲的年輕人，現在都在紐約讀書。這些年輕人都非常陽光、睿智、魅力十足，其中大多數人白天打工、晚上讀書。吉布森（Gibson）先生彈奏，格林姆（Grimm）小姐唱歌，配合得天衣無縫。羅斯（Rose）醫生受邀蒞臨，發表了大約 15 分鐘的談話，內容是關於基金會目前在這些年輕人的國家所開展的醫療衛生項目。之後，大家在餐廳圍坐在小桌旁共進晚餐，在晚餐接近尾聲時，我問客人們有誰願意與大家交流一下他來自哪個

國家、來美國多久了、在做什麼以及未來有什麼計畫，結果大家積極回應，場面十分熱鬧。一位來自南美的小姐對我和艾比表達了真誠感激，他們之中許多人對您為他們各自國家作出的重大貢獻表達了深深謝意。我多麼希望您能親耳聽到這些，並讓您哪怕是些許地感受到，您的大名全世界知曉，您的貢獻眾人敬仰，無論是在石油工業的發展上，還是慈善事業的創建上。約翰和溫斯洛普幫我和艾比招待了客人，他們表現得非常興奮。

三個大一點的男孩約翰、納爾遜和勞倫斯，在週日早晨將受洗禮。我相信您一定也會為他們高興的。唯一遺憾的是您無法親臨目睹這個儀式。

這週我們在鄉下待了一天左右，今晚或明天我們就將會去那裡（「那裡」應指孩子洗禮教堂所在 —— 譯者注）。

深愛您的
約翰

佛羅里達奧蒙德海灘
1921 年 1 月 4 日

親愛的兒子：

　　來信收悉，看到你與來自南美各國的年輕人一起度假，非常高興。我相信他們也一定非常珍惜那樣的時刻。

　　得知三個男孩週日上午將正式成為基督徒，我們都非常開心，只是在這種時刻不能到現場，感到十分遺憾。這展現了他們要緊跟父母足跡的個人願望，令人欣慰不已！我們真誠希望，他們的人生將會為你帶來快樂與幫助，就像你為你的父母所帶來的一樣。如果如此，你將會感到上帝無限恩澤。

　　我們這裡也舉行了聖誕活動，規模不大，包括孩子在內，大概有 30 ～ 40 人參加，但有一樣漂亮的聖誕樹和許多禮物。我們彈奏管風琴、拉小提琴，一起合唱，整個活動充滿老式放鬆的節日氣氛，到處洋溢著快樂與歡暢。

　　當然，我們錯過了一些重要時刻，但等我們回去之後，會更加享受這種時刻，每過去一天就使得離我們相見的時刻少一天。因為今年冬季比較暖和，我們很有可能在早春時節返回。如果可能，我們會早一點回去的。

　　我愛你們每一個人。

深愛你的
父親

親愛的兒子：

6 日來信收悉，今天我發了電報給你，內容如下：

「我仍然強烈反對增加紐澤西州標準石油公司的股息，並迫切希望你能利用你的一切影響加以抵制。當我們的現金餘額在增加而不是在減少時，我們才可以考慮這一點。我們不會忘記諸如真空油公司[068]以及其他公司的一些經驗，在這些公司裡，因為增加股息，而不是把本可以存於國庫的錢存起來，我們已經支付了很高的利息。過段時間，觀察一下，如果一切妥帖，我們再增加股息，這樣比較放心，但是我仍然認為，在石油公司的資金運轉上，我們應該採取過去一直堅持的保守政策，我希望我們不要背離這個政策。當我們有足夠的現金儲備，並能穩定增加這些儲備時，我完全贊同增加股息。但即使在這個時候，我們也應該握緊錢袋，保持高度警惕，不被投機倒把的人影響，這些人的股份只占公司的一小部分，而那些保守的大股東希望我們能處理好這些情況，以此維護我們 50 年來謹慎經營的良好聲譽。」

深愛你的父親

---

068　真空油公司後來與紐約標準石油公司合併。

佛羅里達奧蒙德海灘
1921 年 1 月 12 日

親愛的兒子：

你 12 日發來的電報收悉。

我明白你所說的，這家公司可以付清特別股的股息，而且還有 800,000,000 美元盈餘。是這樣吧？目前看來，情況不錯。

但是這家公司的經歷是，公司儘管收入不菲，但原有的 100,000,000 美元現金儲備卻被花光，而且還借了 200,000,000 美元，其中差不多 130,000,000 美元也已花光，最後這件事我是聽說的。

現在，即使完全同意你的觀點，且從企業自身立場這一慣常的主要因素出發，不考慮任何小的、單一股東的想法，也不考慮製造市場興盛假象來售賣股票等因素，那麼，就像我說的那樣，想保持企業的強大、昌盛、繁榮和進取態勢，關鍵因素是靠自身腳踏實地和發揮優勢。企業可以借債，可以賣股票，但是不要打腫臉充胖子，企業行為必須為企業利益服務，而且只有這樣，每個股東的最大利益才會有所保障。據我判斷，和我剛列舉的那些因素對比考慮，售賣股票這件事沒什麼意義。當股票的實值上升時，股東就希望再買而不是賣，這時股票的價格自然就會不斷攀升，而嘗試透過拋售股票來增加股息的做法，無異於證券交易所裡的投機活動，目前這已被證明失敗。

當現金儲備和利潤同時成長時，可以考慮增加股息，也應

該鼓勵增加股息。但是，如果只是業務增加，而現金儲備減少，那麼無論企業怎麼盈利，我都傾向於控制股息的增加，也不要進一步以高利率向銀行抵押貸款。我相信過去兩年也都是這麼做的，但根據當今的金融管理方法，現在這麼做也許有失偏頗。我認為，根據贖回條款 115，我們終有一天會受到巨額債務、高額利息的重壓。終有一天金錢會再貶值，且我們擁有大量現金，而我們又沒有現在這麼大的業務，同時又產生了近 230,000,000 美元這樣的債務。

深愛你的
父親

洛克斐勒簽署給父親威廉的標準石油公司的股權證

佛羅里達奧蒙德海灘
1921 年 2 月 8 日

親愛的兒子：

今天，我準備贈授你統一煤炭公司的股本 111,135,48 股，希望你能利用你的聰明才智，用最好的方式來經營和管理，即造福自己也造福世界。

深愛你的
父親

佛羅里達奧蒙德海灘
1921 年 2 月 14 日

親愛的兒子：

伊蒂絲好像經濟狀況不好。伯特倫·卡特勒（Bertram Cutler）先生[069]會隨時告訴你關於伊蒂絲的債務情況，同時你也會知道她每年的總收入大概在 800,000 美元到 1,000,000 美元之間。我無法好好地幫助她，雖然我真心想那樣做。我不想再繼續贈授，就此我想建議你，稍後也會建議阿爾塔，無論現在還是以後，任何時候，如果你們發現伊蒂絲身處窘境——實際上我也不必建議了——請你們馬上給予幫助以解燃眉之急。

經歷是最好的老師。伊蒂絲告訴我她已經學會了很多。她說經歷讓她受益。我不贊同一次對她幫助太多，但是我知道你總是隨時捐助她，為了不讓親愛的伊蒂絲陷入經濟絕境——

069 1901 年，伯特倫·卡特勒成為洛克斐勒辦公室的簿記員。1960 年代時，以投資與會計部門的主管退休。

我把這視為你對伊蒂絲感念兄妹手足之情的真誠表現。

最近，我聽說芝加哥歌劇團請求她再額外捐贈 100,000 美元，而在此之前她已經捐贈過了。我還在報紙上看到她和哈樂德 (Harold) 為了支持這個歌劇團，他們曾經捐贈過大概 200 萬美元。世界就是這樣，實際上我們透過經歷而學習。我們人類多麼愚蠢啊！最近哈樂德的公司，不知有沒有經過他的同意，我認為是毫無理由地，受某個不知是活人還是死人的某種衝動引導，在員工身上浪費掉一大筆錢 —— 但是我知道那是一種衝動，或好或壞，或不好不壞，不管它是什麼 —— 都已經結束了。或多或少，浪費掉了 100 萬美元。這就是生活。

深愛你的
父親

 書信

佛羅里達奧蒙德海灘
1921 年 2 月 23 日

親愛的兒子：

今天，我準備贈授你以下證券：

權益信託公司 20,784 股
銀行家信託公司 12,800 股
國家城市銀行 2,800 股
大通銀行 1,500 股
商業火災保險公司 580 股
商業火災保險公司特別股 460 股
聯合染料木公司 1,056 股
穀物交易銀行 172 股

深愛你的
父親

親愛的兒子：

　　此信是關於阿卡迪亞大學請求我為其捐贈一事。

　　如果捐贈，我認為最好是以你的名義來捐，主要考慮到萬一我離世 —— 我這裡特別想說，並非我故作傷感，實際上現在看起來我可能比以往身體更好，也希望在世間停留更長 —— 或者什麼時候突然倒下，身為我的繼承人，肯定比我活的長久，你應該處理未完事業，而不是讓這些問題與繼承地產問題糾結在一起，因為，我希望不管怎樣，地產都應該在我離世之前盡快做好安排。

　　因此，我覺得，不僅是這次捐贈，且以後任何類似這種性質的捐贈，最好都以你的名義，並由你來處理。我對此次捐贈沒有意見。之前我捐贈過這個項目，所以完全相信款項的有效使用，也相信這個項目值得我們考慮。

　　我希望你明白我的意思。這個問題也沒有什麼祕密，最好由你處理，而不是我。

　　　　　　　　　　　　　　　　　　愛你的
　　　　　　　　　　　　　　　　　　父親

佛羅里達奧蒙德海灘
1921 年 4 月 5 日

親愛的兒子：

今天，我準備贈授你的證券如下：

俄亥俄州石油公司股票 78,013 股
伊利諾州管道公司股票 26,005 股
大草原油氣公司股票 21,040 股
大草原管道公司股票 31,560 股

卡里會把這些股票轉至你的名下。

深愛你的
父親

親愛的兒子：

　　你 15 日的來信收悉，信中提到要邀請一些人來參加我的生日活動。

　　我非常感激你這麼體貼，但我的時間不固定，而且像其他人一樣，我的生日計畫也是滿滿的，因此，從來沒有孤獨感，也不缺少好朋友的陪伴，為此我非常感恩和滿足。我不孤獨也不缺少陪伴。我多麼感謝這一切啊！

　　雖然我也渴望在這個特別的日子裡有朋友光臨，雖然我也高興見到他們，無論哪天，尤其是一起玩玩高爾夫球，但我覺得這或許會為他們帶來一些不便，所以還是不麻煩的好。我會去看他們的，我永遠愛他們，感謝他們的善意與體貼 —— 特別謝謝你，那種感激深埋內心無以言表。

　　關於做禮拜的事，我已經開始去位於 66 號和 77 號之間某地的第五大道浸禮會教堂（the Fifth Avenue Baptist Church）。第一次我說不太清，但那裡的牧師是阿米蒂奇（Armitage）醫生。我認為，威廉叔叔去的是位於 65 號或 66 號的教堂，而且他加入不久後便擔任一個重要職務 —— 教堂的財政。

深愛你的
父親
百老匯大街 26 號

紐約

1921 年 7 月 28 日

親愛的父親：

您一定從科尼利厄斯・伍夫金（Cornelius Woelfkin）先生[070]和克爾蓋特（Colgate）先生那裡聽說了最近在愛荷華州德斯莫恩舉行的北美浸禮會（Northern Baptist Convention）的幾次會議，您一定也從他們那裡聽說了教派中的一部分勢力「基本教義派（Fundamentalists）」近 2 ～ 3 年不斷努力，試圖控制浸禮會組織[071]。

您知道，基本教義派堅信《聖經》和其他相關教義的字面解釋，而當今思維開闊視野寬廣的人們卻無法接受。

如果該教派控制了浸禮會，那麼會為浸禮會帶來沉重打擊，並阻礙各教會團體的發展。此外，還會在教會裡引起批評、猜忌、敵對氣氛，而這裡需要的是信任、和諧與合作。

伍夫金他們一定也和你說了 150 萬美金捐贈的事，這筆款項是由一位匿名人士捐給浸禮宗國內布道會的，條件是這筆基金必須用於捐贈者指定的一些傳教士和牧師的活動，再有個條件是，如果浸禮宗國內布道會的理事會裡大多成員無論何時不同意這一狹隘守舊的條款，這筆款都將轉至其他指定的組織。

您知道，懷特先生是浸禮宗國內布道會的主席。他已經向伍夫金先生和其他人保證，除非所有的代表都到場，否則他不

---

070 科尼利厄斯・伍夫金是一位思想開放的牧師，從 1911 年到 1922 年供職於第五大道浸禮會教堂。1922 年，該教堂從 48 街搬到公園大道和 64 街交會處，由另一位自由派牧師哈利・艾默生・福斯迪克（Harry Emerson Fosdick）管理。1930 年，教堂再一次搬到濱河大道（the Riverside Drive），並改革為一個多教派的教堂。

071 浸禮會教派中基本教義派所引發的爭端，堅定了小洛克斐勒的想法，讓他竭力支持新教的統一和濱河教堂（the Riverside Church）的自由主義。

會將接受捐贈的決定提交浸禮會。

　　但是，事實似乎與基本教義派組織預想的計畫一致，而懷特先生很明顯也參與了這個計畫，儘管他向伍夫金先生做過承諾（指提交接受捐贈的決定時必須所有代表都在場 —— 譯者注），但還是在多數反對接受這個捐贈的代表不在場時（因為反對者認為這個捐贈限制了思想自由和信仰自由），提出了此事，最後根據保守派（應該是指原教旨主義教派 —— 譯者注）一位領導者的動議，在接受捐贈者提出的條件前提下，接受了捐贈。

　　您記得嗎？我和墨菲也曾提過建議，而且您也在近幾年向浸禮會各不同組織捐贈時也提出了條件 —— 在任何時候，如果所捐款項不再需要用於浸禮會教派活動，那麼這筆款項可以用於某個聯盟宗教組織，或某個其他具有這類特點組織的類似性質活動。

　　浸禮宗國內布道會接受上文提到的這筆捐贈，與您一直以來堅持的方向可謂南轅北轍。如果我早預料到浸禮宗國內布道會能接受這種條件的捐贈，使自己思想永遠固守狹隘，那麼，在您最近捐贈給他們時，我就會強烈建議您不要那麼做了。

　　寫此信目的就是告訴您當前的這種情況，並建議我們所有人在向浸禮會組織做任何進一步承諾前，應該認真考慮一下這些問題。

深愛您的
約翰

中國北京
1921 年 9 月 29 日

親愛的父親：

　　醫學院的落成典禮從上週四開始，到這週四結束。今天下午舉行了重要的公開集會。我剛發電報給您，內容如下：

　　「今天下午正式舉行了儀式。您的賀電讓來賓群情激昂。典禮感人，意義深遠。愛您。」

　　能容納 500 人的大禮堂座無虛席。來賓憑票入場，數以百計的人沒有買到票。天氣不錯。列隊進入禮堂的很多客人是傑出的醫學和科學界人士，分別來自中國、日本、美國、加拿大、英國和歐洲，他們頭戴學士帽，身著學士服，背後垂著顏色鮮豔的帽子，真是漂亮極了。文森特醫生宣布典禮開始，並正式將大樓移交給北京協和醫學院 [072]，任命霍頓（Houghton）醫生為學院院長。然後，霍頓醫生又繼續一一介紹發言來賓。在這些發言結束後，羅傑·格林（Roger Greene）先生也做了精彩的發言，我的發言在最後。您的賀電太棒了，現場掌聲經久不息。

　　當然，毫無疑問，您才是整個事業的核心。前幾日下午，總統特意安排與艾比、芭比、賴爾森夫婦（Ryerson）和我會面了 1.5 小時。我們訪問團受到了外交祕書（一個受過良好教育、才氣出眾的美國人）、內政部長、教育部長和總理的熱情招待，這些人我也都一一正式拜訪。接著，我還拜訪了美國大

---

072 北京協和醫學院是洛克斐勒中華醫學基金會的投資項目。到 1947 年為止，基金會已向醫學院捐贈資金和土地超過 45,000,000 美元。

使舒爾曼（Schurman）先生、英國大使、比利時大使，他們都非常高興地接待了我們，並對您在這裡建立的事業表達深深的敬意。這些先生紛紛請我向您轉達他們個人的親切問候。

我們訪問團受到了至高無上的接待，所有這些都給學院帶來了知名度，有助於激發中國人和生活在中國的外國人對醫學院的關注。

大家都覺得這次慶典儀式所獲得的成功遠遠超過原來預想。醫學院本身就是一個奇蹟。似乎很難想像，就在這裡，就在中國的土地上，有這樣一所醫學院和醫院，而且它的大樓、設備和人員也是世界一流，但確確實實在今天發生了。

在過去一週裡，醫學院的官員和理事會成員幾乎每天都開一天或半天的會。接下來 3 年的預算，經過非常認真和詳細地核實確定。許多政策上的難題也進行了充分討論並作出決定，我覺得許多隱患得到排除，誤解也被消除，形勢一片大好。雖然預算已經不可能減少，但我們還是進行了認真的審核，我們認為，與美國同樣規模的機構相比，協和醫學院的花費已經相當節省，而且資金使用相當合理，也把鋪張浪費和過度開發的風險降到了最低。

霍頓醫生身為醫學院的院長，是我們團隊中最優秀的人才之一。他能力突出，受過嚴謹的科學訓練，並在中國從事醫學事業多年，有著精明的商業頭腦、無限的耐心、良好的判斷力、通情達理的心智和一種無與倫比的優良作風。我們一致認為他是這個職位最理想的人選。

醫學院的影響始料未及。它為中國的醫學樹立了標杆，它的影響已經超越了中國的國界。這所醫學院的建立無疑能在中國人民心中培育出對美國的好感，這是不爭的事實。

我相信，如果您現在在這裡，並經歷我們過去 10 天經歷的一切，您一定也會願意把資金投在這裡，儘管投資很大，但我們會獲得豐厚且不斷成長的回報。

隨信附上一份官方慶典小冊，在底頁您會看到一張一座大樓正面的照片。透過這張照片您可以想像出所有大樓的建築風格和風采。

我週五去上海，然後去馬尼拉、香港、廣州，之後預計 10 月中旬到日本。我們每天過得有趣而充實，因此非常慶幸安排了這次旅行，想到行程已經過去了一半，還有不到 2 個月就能再見到您了，我們稍感安慰。

我從未像在過去幾天裡這樣敬仰您為慈善事業所做的紮實努力，我從未深刻地意識到您為人類帶來如此巨大的福音，我也從未像在過去幾天裡感受到的身為您兒子的那種驕傲。

我的心中充滿對您的愛和感激。

深愛您的
約翰

北京協和醫院典禮活動

洛克斐勒莊園
紐約波坎蒂科山
1921 年 12 月 12 日

親愛的兒子：

今天，我準備贈授你的證券如下：

面額 4,447,000 美元、利率 3.5％的美國政府債券，1947
年到期。

面額 10,523,500 美元、利率 3.75％的美國政府債券，
1923 年 5 月到期。

深愛你的
父親

洛克斐勒莊園
紐約波坎蒂科山
1921 年 12 月 17 日

親愛的兒子：

關於統一煤炭公司購買他們的舊債券事宜，我們應該規
定，無論是現在還是將來的什麼時候，在那些對公司財產不關
注的股東不知情或沒有表示同意的情況下，他們不能購買自己
的證券或自己的財產。換句話說，他們不能與自己交易，除非
得到了那些因此做法可能失利的人的同意。

深愛你的
父親

親愛的兒子：

今天，我贈授你的證券如下：

40,000 股統一煤氣公司股票

40,000 股曼哈頓鐵路公司股票

10,000 股紐約中央鐵路公司股票

60,000 股西馬里蘭鐵路公司特別股股票

60,000 股惠靈和伊利湖鐵路公司特別股股票

面額 1,000,000 美元、利率 5% 的區間快速地鐵公司債券

面額 1,000,000 美元、利率 4% 的曼哈頓鐵路公司第一抵押權債券

面額 1,000,000 美元、利率 4% 的曼哈頓鐵路公司第二抵押權債券

深愛你的
父親

百老匯大街 26 號

紐約

1921 年 12 月 21 日

親愛的父親：

您 17 日的來信收悉，又贈授了我大量證券，讓我感恩之餘又無限感動。幾天前，您在這裡的時候，我就試圖向您表達感謝，但是語言蒼白無力，無法展現您贈授我那些巨額財富時，在我內心喚起的深深情義。

您的饋贈如此慷慨、無人比敵，它們非常珍貴，因為可用於積善行德。但與您本人給我一生帶來的關愛和影響相比，這些饋贈則一文不值。我每天都感謝上帝，讓我擁有一位這樣的父親。

至深的感謝，至真的愛。

深愛您的
父親

親愛的兒子：

　　7 日來信收悉，信中談到統一煤炭公司事宜，我認為我們未來與這個企業或其他類似企業之間的關係，某種程度上取決於我們是否能找到代表我們的合適人選。

　　我認為，我們有大量需要投資的資金，如果我們有合適的人選，在許多情況下，我就可以購買生產或製造公司，並使其融身於銀行或投資領域中。

　　另外，你要知道，你有 5 個兒子正在長大成人，無需太久後，你就要為他們安排職位並加以培養。當然，其中有人要從事公司大業。他們透過這種鍛鍊逐漸了解你所做的工作，最終成為你得力的助手，與你一起管理我們現在承擔的偉業。

　　我覺得，最好是培養他們對工作和管理的嚴肅態度，以及對資產的認真負責，當然也要培養他們像我們一樣樂善好施，雖然對企業來說分散了精力，但我們卻收穫了幸福。我們從企業創立之初，就一直秉持仁慈之心和行善美德，這帶給我們無限的滿足和快樂。我們要為成就的事業而欣喜，讚美上帝 —— 這一切都是因為他！

深愛你的
父親

小約翰‧洛克斐勒全家福，攝於 1921 年

佛羅里達奧蒙德海灘
1922 年 1 月 23 日

親愛的兒子：

　　今天，我準備贈授你證券如下：

800 股惠靈和伊利湖鐵路公司特別股

53,961 股，年利息 7% 的惠靈和伊利湖鐵路公司最特別股

71,472.85321 股的西馬里蘭鐵路公司第一特別股

19,175 股的西馬里蘭鐵路公司第二特別股

15,872.048 股的西馬里蘭鐵路公司普通股

　　希望你發揮才智，有效管理、監督和指導這些公司的
經營，不僅力求創造最大收益，還要好好利用這些收益造福
人類。

深愛你的
父親

親愛的兒子：

　　雖然我贈授了你這些資產，但是你知道，除了我個人的定期捐贈外，為了慈善事業，我也為我們各個基金會預留了大量款項。我對每一個值得捐贈的項目都進行認真且長時間的思考，很明顯，在未來許多年，我無法完全隨心所欲地實現我為這個社會盡善的夢想。

　　因為我們了解世界的角度會有些不同，而且由於上帝的眷顧，我們已經擁有了豐厚的資產，所以我希望，經過你不斷認真的研究，憑藉你對人類需求的開闊認知，你能充分享受到幫助他人的快樂。我願意為你提供這樣的機會，並且堅信善行善果。

　　實際上，我已感到無限恩澤，我有一個可以信任的兒子去承擔那特殊而又重大的使命。謹慎行事，沉穩堅定。相信你有正確選擇 —— 不要畏懼給予，因為你的心在引導你，上帝在激勵你。

深愛你的
父親

百老匯大街 26 號
紐約
1922 年 4 月 3 日

親愛的父親:

　　波坎蒂科山莊的小教堂籌備工作進展順利。這會是一座魅力十足的教堂。納爾遜先生問您是否願意像供電給大講堂和保齡球館那樣的低價配電給教堂。他說巴斯維爾（Buswell）先生估算了，教堂用電主要是照明，按照現在低價配電，電費大概是每小時 6 美分，如果按照平常價格，應該是每小時 18 美分。除此之外，如果您同意這樣的價格，那麼艾比要給您的電爐用電、時鐘用電、教堂塔鐘用電、風琴用電等費用都會大大降低。想聽一聽您的意見。

　　隨信附上昨天禮拜儀式安排表，您也許感興趣 —— 這是舊教堂裡的最後一次禮拜。教堂裡擠滿了人，場面十分感人。下週日我們就可以在新教堂做禮拜了。

深愛您的
約翰

親愛的父親：

想到您就在雷克塢我們非常高興，因為這比您在奧蒙德離我們更近了。非常遺憾不能馬上去看望您，因為從過去一週到現在，我一直在感冒，而且還總是有事務要處理，所以這週去雷克塢看望您，恐怕也難以成行。我希望下週能去那裡陪您一晚，如果您方便，也許是週二晚上，過後我再打電話給您。感冒在好轉，我相信很快就過去了。病不嚴重，就是討厭。

貝雲（Bayonne）工人運動形勢已經非常令人關注。很不幸，報紙上的報導讓大眾誤認為，向我發出的請求是公司所有工人自發的真誠請求，但實際上，這完全就是工人中兩三個野心勃勃的人，為了獲得知名度和政治聲譽，操弄的一場政治運動。公司的高層已經處理了紐澤西公司的這個事件，態度誠懇、開明、友好、耐心，同時又不失政治家風範。他們做得真是太棒了。他們按照勞工代表制度與工人代表多次會面，氣氛非常友好，且陳述的實情也讓絕大多數工人信服。真空油公司的情況很糟。儘管他們支付的薪水和紐澤西公司的一樣，但他們卻堅決不接受紐澤西公司採用的勞工代表制度，或任何保險和福利制度。昨天他們的工人罷工，迫使他們改變了傲慢態度，並意識到工人力量無法阻擋，新的形勢已經到來。我真切希望在今天和工人的見面會上，他們會同意工人代表選舉制

度,並將這些現代管理方法引進到公司,其實這樣的做法早已在紐澤西公司蔚然成風。還有很多有意思的事,等我們有機會見面了親自說給您聽。

希望您的旅行輕鬆愉快,而不是舟車勞頓。

深愛您的
約翰

波坎蒂科山莊
紐約
1924 年 7 月 25 日

親愛的兒子:

在一些報紙上,我們時不時看到一些報導說,我累積了巨大財富後開始向外捐贈。我認為,應該慢慢地、謹慎地,透過李先生或別的什麼方式,把這種說法加以更正。實際情況應該是,我在童年時代就這樣,一得到錢就開始與人分享,經年之後,隨著收入的增加,捐贈繼續增加,因此,那是伴隨我整個企業生涯的一項工作,而非最終目標。

深愛你的
父親

親愛的兒子：

　　20 日的來信收悉，信中大概說了你南方之行的計畫，還答應來看我，我這裡無需說多麼興奮和期盼了。

　　我希望你們都能來我這裡。大家能同時相聚在這裡是多麼美妙啊！我認為我們完全能夠安排住宿的。我相信，如果伊文斯夫人還沒寫信給你的話，她會馬上寫信表示熱烈歡迎的。

　　你們任何人住賓館，我都會感覺不好。你知道，家裡的地板是軟木鋪的，孩子們肯定喜歡睡在上面，如果床位真不夠的話，但是，我相信我們還不至於如此，我們能夠保障你們在床上舒服的睡眠。我們期待著這一切。

　　我盼望著你們的到來，盼望著聽你講述你曾提到過的各種有趣經歷。我們一直在蒐集各種有趣的資訊，這為我們帶來了極大的快樂和滿足。

深愛你的
父親

百老匯大街 26 號
紐約
1925 年 6 月 6 日

親愛的父親：

　　我寄給您一條領帶，這是我前些日子買的，並本打算最近送給您的，但忘記了。如果您不喜歡，可以退回來，完全沒關係的。

　　我上週末非常開心，因為和您聊了幾次天。

深愛你的
約翰

親愛的兒子：

　　那個包裹 ── 珍貴的包裹 ── 裝著那條既漂亮又讓人舒心的領帶如期到達，我開心不已。感謝你如此細心 ── 你知道，收到我感激的同時，你也收到了我對你的讚賞。

　　我們這裡一切順利。我們都關心你在這大熱天裡還得做那麼多工作。而在這裡，即使氣溫華氏 103 度（約為 39.4℃ ── 譯者注），我們也無需擔心，照樣保持涼爽，出門就是美麗的山林，只是夜鶯整夜鳴囀。我們用鳥槍驅趕，但是沒用 ── 牠們依舊唱個不停，我們只好屈從，高興地接受它們的歌聲。

　　回想你上次來的情景，我非常開心。

深愛你的
父親

書信

親愛的兒子：

　　25 日的來信收悉，我昨日回信中有提到：「25 日來信收悉。一切安好，強烈建議你絕對靜養休息。深深的愛你。」今早我們又追加電報如下：「我謹慎建議你可以考慮去瑞士某個靜謐之處休養，那裡空氣涼爽，讓人振作。但這只是一個建議而已。愛你。」

　　發給你第二條資訊，是因為最近一些朋友和我談到了他們曾經在瑞士的愉快經歷。瑞士似乎讓他們精神大振，他們在賓館的膳宿也相當不錯。我無需重複我曾經多次說過的話，健康、體力和精力，很大程度取決於積極的、有益的和有信仰的生活，而所有其他一切，都要為此保駕、護航。細嚼慢嚥，飲食有度，保證睡眠，自我控制應酬，這些都非常重要。我認為，我身體好應該歸功於自己幾近武斷的控制應酬，硬是養成了習慣，讓自己有最大程度地休息、安靜和空閒。這樣，我每天感覺好極了，而且覺得只有這樣，才能更為他人服務。別猶豫，你認為休息多久對你最好，你就休息多久，我們在這裡，公司運轉沒問題，我們也會發揮你那些助手的優勢與能力，他們會根據自己的判斷行事的。你知道，我一生逃避，或者說，我能請別人做的，自己就很少做。事實證明這種做法是行之有效的，如果我所有事情都自己做，我也無法獲得今天這樣的成就。

我們現在在雷克塢，過得非常開心。我們在莊園周圍建了一堵很漂亮的圍欄，賞心悅目，比我們波坎蒂科山莊好得多。我相信你也會喜歡這堵圍欄的。

　　不要憂煩這裡的事務，請休息，休息，再休息 —— 如果說要求的話，就是爭取自由，卸下負擔，振作起來。

　　愛你和艾比。

*深愛你的*
*父親*

百老匯大街 26 號

紐約

1926 年 4 月 8 日

親愛的父親：

知道您有可能在 1～2 週後來雷克塢，我們都非常開心。奧蒙德似乎離我們太遠了，而且在過去的 9 個月中，我們幾乎也沒見到過您。您來到雷克塢後，我們就可以很容易地、時不時地在一起待上一晚，而且如果您到柏油村來，我們就可以經常去看您。

在復活節期間，我們去了漢普頓（Hampton），除了約翰外，所有的男孩都去了，旅行很順利[073]。我們在校園裡住了四五天，並且與老師和同學進行了親密接觸。大家都非常熱情和友好。孩子們很喜歡這種氛圍，廣交朋友。他們對黑人同學的那種認真和誠摯留有深刻印象，無論男女，他們成績都很棒。孩子們還找機會與他們各自資助的同學單獨見面交流，而且聊得開心。這次校園之行非常值得，是對我們所有人的一種真真切切的激勵。

週日晚上，1,000 多名學生相聚禮堂為我們唱歌，我受邀為他們講了幾句話，我當時就在想，要是您在該有多好啊！您一定會愛撫地凝視著他們的面龐。

離開漢普頓後，我在里奇蒙（Richmond）停留了兩三天，

---

073 1926 年春天，包括維吉尼亞州的威廉斯堡，小洛克斐勒去了很多城市。在與 W·A·R·古德溫（W. A. R Goodwin）先生會面後，小洛克斐勒開始在威廉斯堡購買地產。到 1960 年他去世的時候，他已經在保護和修復這座殖民地城上投資超過 6,000 萬美元。

遊覽了詹姆士河（James River）沿岸四個漂亮的老景點，這些地方有厚重的歷史和迷人的特色。我們結交了很多朋友，他們非常周到熱情，因此，在這裡度過的兩天也非常愉快。

下週一我要去克利夫蘭，在當天全國美國優等生聯誼會（Phi Beta Kappa）的晚宴上講話，而且第二天晚上還要在匹茲堡一個類似的晚宴上演講。我計劃在克利夫蘭與安娜·奈許（Anna Nash）[074] 一起吃午餐，毫無疑問也要看望一些其他親屬，再去看一眼森林山並拜謁一下墓地。

初夏的西行計畫正在醞釀中，定有一番情趣[075]。我們打算6月4日出發。納爾遜在我們離開後還會繼續在波坎蒂科待1～2週，一直等到約翰放假，兩個孩子準備搭船去法國進行腳踏車之旅。

盼望早日與您相見。

深愛您的
約翰

---

074 安娜·奈許是老洛克斐勒的弟弟富蘭克林·洛克斐勒（Franklin Rockefeller）的女兒。

075 在西行途中，小洛克斐勒重遊了懷俄明州的黃石和傑克孫谷地區。他多次與賀拉斯·M·歐布萊特（Horace M. Albright）會面，最終決定購買這地區 30,000 英畝的土地，這片土地是現在大提頓國家公園（Grand Teton National Park）的一部分。

百老匯大街 26 號
紐約
1926 年 4 月 9 日

親愛的父親：

　　最近我們在奧蒙德討論的關於建立各種慈善委員會和基金
會事宜，讓我萌生了製作這份摘要的想法，覺得將來什麼時候
它或許有用。

　　洛克斐勒醫學研究院是由蓋茲先生構想，由您一手創辦的
第一家慈善機構，從 1901 年 5 月 25 日起每年向研究院捐款
20,000 美元，持續十年。1901 年 5 月 28 日，醫學研究院獲得
紐約州頒發的許可證。到 1925 年 12 月 31 日為止，您向研究
院捐款總額已達 39,904,602.76 美元。1925 年 6 月 30 日，研
究院的資本總額為 44,357,393.86 美元，兩個數字間的差額除
了來自好朋友的一兩筆數額不大的捐贈外，主要來自洛克斐勒
基金會的捐贈，總額已達 30,000 美元。

　　1903 年 1 月 12 日，普通教育委員會獲得聯邦許可並創
立，根據當時需求，您的第一筆捐贈為 1,000,000 美元，這是
您創建的第二個慈善機構。您一直關注黑人教育，且多年來一
直透過美國浸信教育協會向黑人學校捐資，基於此，考慮成立
一個兩三百萬美元的基金會，專門捐贈黑人教育。也正是這個
原因，我接受了羅伯特·C·奧格登（Robert C. Ogden）先生的
邀請，一起到南部參觀各類黑人教育機構。就是在這次南行
中，我有機會與許多教育領域的領袖人物進行充分的討論，最

終成立了這個普通教育委員會，並獲得許可，範圍涵蓋全美的所有教育領域，無論是什麼種族、宗教或膚色。

1905 年 10 月 3 日您向普通教育委員會捐贈了第一筆資金，總額為 10,000,000 美元

1906 年、1907 年和 1909 年共捐款 20,916,063.80 美元

1919 年、1920 年和 1921 年向醫學研究院三次捐款，合計 45,579,082 美元

1919 年為提高教師薪資待遇，捐款 50,125,949 美元

捐款總額達 126,623,094.80 美元

為了醫學教育發展和大學教師薪酬的提高，您在捐贈時表示本金及利息收入均可使用。

截至 1925 年 12 月 31 日，普通教育委員會從這些資金中支出 55,418,302.46 美元，結餘 40,286,728.54 美元。

除了這些結餘，您的其他捐贈總額有 30,918,063.80 美元，不考慮媽媽捐款給普通教育委員會結餘的 15,025.07 美元，現在普通教育委員會的總結餘淨額為 71,204,792.34 美元。

雖然促進黑人教育是普通教育委員會成立的初衷，但是不久後，委員會便擴大了教育資助範圍。儘管委員會還持續關注和支持黑人教育，但基金的絕大部分，大概 90% 都合理地、科學地用於全美的白人大學和醫學教育發展。

委員會在國內資助範圍的擴大，使人想到了對國外教育服務的關注，因此，在 1923 年 1 月 23 日我創立了國際教育委員會，得到了維吉尼亞州頒發的許可，該委員會可以處理全世界

範圍的教育問題，並接受 1,000,000 美元以上的捐款。

我已向國際教育委員會捐款 20,050,947.50 美元

截至 1925 年 12 月 31 日，國際教育委員會已支出 186,125 美元

截至 1925 年 12 月 31 日，國際教育委員會結餘 19,864,822.50 美元

國際教育委員會主席由普通教育委員會主席兼任，管理人員也由部分普通教育管理委員會的管理人員兼任，理事會的理事也大部分由普通教育委員會的理事兼任。隨著時間發展，如果兩個委員會將來某一天不是合併或成為有系統的整體，那麼它們的合作定會更加緊密。因此，將來很有可能合為一個機構，既處理本國的各種教育問題，還要處理全世界的教育問題。

普通教育委員會剛成立時，美國的教育領域就馬上受到全面關注，我們的責任也成為焦點。同時，您的捐贈涉及到各方面，且越來越多，所以很明顯，當時需要創建一個可以在全球範圍內活動的基金會。於是，在 1913 年 3 月 14 日，洛克斐勒基金會應運而生，並獲得了紐約州頒發的許可證，您為此捐贈了第一筆資金 100,000,000 美元。為了讓這個新基金會有足夠的資金捐贈給您一直捐贈的項目，您規定每年從基金收入中撥出 2,000,000 美元用於您指定的慈善項目，餘款由理事會根據需要自行支配。這條規定執行了幾年後，由您廢除，基金的全部收入都交由理事會管理。

除了第一筆向基金會捐贈的 100,000,000 美元外，您還繼續捐贈了如下金額：

1917 年 2 月 28 日捐資 25,765,856 美元

1919 年 12 月 19 日捐資 50,438,768.50 美元

捐贈總額 176,204,684.50 美元

截至 1925 年 12 月 31 日，基金會支出資金總額 11,000,000 美元

當前剩餘資金（不包括在中國土地、建築和設備上投資的 8,962,154.62 美元）165,204,624.50 美元

洛克斐勒基金會最初每年有 2,000,000 美元的收入，按您要求捐贈指定慈善項目，後來這筆錢在很大程度上又由基金會自己支配，因此，包括您最關心的慈善項目，以及其他許多慈善項目，基金會已經幫助做了大量的慈善事業。另外，您和母親持續地關注宗教慈善事業並進行一些私人捐助。所以，在母親去世後，您於 1918 年建立了蘿拉·斯佩爾曼·洛克斐勒紀念基金會，並獲得紐約州頒發的許可證，條款和那些基金會一樣。

1918 年 10 月 8 日您向紀念基金會捐贈的第一筆資金是 3,857,170.25 美元

接著又捐贈了 70,018,287.12 美元

捐贈總額 73,875,457.37 美元

最初，紀念基金會主要進行一些私人的捐贈，至今一定程度上還是如此。但是隨著基金會收入的增加，再加之對人類需

求的廣泛研究，理事會逐漸將注意力轉向社會科學領域。同時，他們牢記您曾關注的，並考慮基金的紀念特點，把大量的資金用於滿足婦女、兒童的需求。

紀念基金會向某一固定領域捐贈的總體方向已經顯得很自然和正常，因為有您慷慨捐贈讓我支配，我越發感覺到肩負的家族重任，去捐助當地和個人的慈善活動以及關注宗教和教派的發展。

截至 1925 年 12 月 31 日，我們向各個慈善機構捐贈的資金總結如下：

洛克斐勒醫學研究院 39,904,602.76 美元
普通教育委員會 126,623,094.80 美元
國際教育委員會 20,050,947.50 美元
洛克斐勒基金會 176,204,624.50 美元
蘿拉·斯佩爾曼·洛克斐勒紀念基金會 73,875,457.37 美元
總計 436,658,726.93 美元

支出：

普通教育委員會 55,418,302.46 美元
國際教育委員會 186,125 美元
洛克斐勒基金會 11,000,000 美元
總計 66,604,427.46 美元

忽略一些不重要的疏漏，總結餘：

370,054,299.47 美元

這些委員會都單獨成立的原因非常清楚。為了尋求一個終身致用的原則，您一直在新領域中摸索著前行，每一步都小心謹慎，看清之後才會繼續。一次要完成所有這些委員會的活動，或僅靠一個組織來完成，都是不可能的，原因在於：

1. 當時以這種方式留用這麼大量的資金是否明智，尚不清楚。

2. 當時您不可能已經準備好在某一刻一下子捐出如此規模的巨資。

3. 當時大眾尚未達到一定的教育水準，無法理解和贊同這麼大規模的慈善捐贈活動。

4. 當時您還未做好向海外發展的打算。

5. 當時幾乎不可能找到足夠精幹、足夠睿智、足夠老道的人來處理如此棘手的難題。

同時，正如您在奧蒙德時說的那樣，如果放在現在，您為了全世界人類的福祉，在動用放在這些基金會的全部資金時，您毫無疑問地會把所有這些活動整合在一起，由一個委員會負責，並申請一個像洛克斐勒基金會許可證那樣涉獵廣泛的許可證，當然，洛克斐勒醫學研究院除外 —— 它作為實體，單獨存在比較合適。您的這種說法非常有道理，我完全贊同。根據過去 30 年的經驗，我相信，如果一個委員會的管理人員和員工能力強，下面還設有負責不同領域的部門，那麼只需一個這樣典型的委員會，就足以輕鬆地解決所有領域的問題，還節省成本，根本無需當前這些獨立委員會的參與。這種組織形式會節

省資金，並防止不同領域中重複設置的問題，而在現行的組織形式下，大家都處於好心，重複性工作至少在某種程度上不可避免。

相信您會發現這份摘要很有意思，就像我在寫時感到的一樣。

深愛您的
兒子
小約翰·戴維森·洛克斐勒

親愛的兒子：

　　讀了你 4 月 9 日的來信，感到很有意思。信中總結了這個冬天你來奧蒙德時我們討論的一些事情。

　　我再次審視了我們在過去 30 年中所做的慈善事業，我覺得我們穩步謹慎地推進是很棒的，事實也確實如此。如果整個事件放在今天，就像你理解我的那樣，我覺得應該由一個機構去做，毫無疑問它也能夠完成，這樣不僅節省成本，而且也可避免你所指出的那種重複工作。不一定是即刻，但也不應太久，要讓某些、抑或所有的委員會，也包括它們的各個部門都緊密合作或連結起來，這不失為一種明智之舉。這種措施應該盡快全面實施，因為我覺得這是絕對可行，也是時宜的。儘管這些基金的管理由各基金理事會全權負責，因為我把這件事看成關係到能否更能實現基金設立的目標，所以我希望你把給我的上封信以及我給你的這封信影印後，發給每個委員會的每個成員，讓他們和他們的繼任者都清楚，我當初創立這些獨立委員會，並不意味著我希望它們永遠獨立存在，獨立也不代表委員間最終不發生最充分、最徹底的合作或聯合或兼併，如果那些負責人確定這些措施確實明智的話。

深愛你的
父親

約翰‧戴維森‧洛克斐勒
佛羅里達奧蒙德海灘
1926 年 12 月 13 日

親愛的兒子：

上次在你家時，我們談到了高薪資的問題，我想補充一點，雖然我們支付的薪水很高，但就像幾年前提出這個問題時我向你說的那樣，我仍然認為薪水形式比利潤分紅形式支出少，有一些利潤分紅計算的事例，這些企業管理者寧願推行固定薪水制，也不願意採用利潤分紅形式。

這裡一切都好，我們快樂而滿足，深切希望家中的每個人都健康安好。隨時歡迎你們過來。

深愛你的
父親

百老匯大街 26 號
紐約
1926 年 12 月 16 日

親愛的父親：

13 日來信收悉。非常高興進一步聽到您對各公司高階管理人員報酬問題的意見。毫無疑問，對一個公司來說，固定薪資即使再高，也比薪資加利潤分成方式支出小，因為後者是根據公司的盈利情況浮動的。但我不確定，後面這種方式的報酬就會是照公司總盈利情況同比例成長。除非利潤分成方式刺激了股東收入的成長，否則管理人員的報酬是不會增加的。

隨信附上一篇近日華爾街日報上的剪報，文章很有趣，相信您會喜歡的。

昨晚，我發了電報給您，大衛、佛羅倫斯‧M‧斯凱爾斯（Florence M. Scales）小姐[076]和高科勒（Gockler）先生準備搭乘明天（週五）中午的火車前往奧蒙德。大衛在感恩節時得的感冒好像好了，可是上週他支氣管炎又發作了，咳嗽不斷，所以在放假之前的這幾天，就不打算去上學了。他可以起床四處走動，不會傳染，也不虛弱，只是不斷地咳嗽。也許奧蒙德的氣候能夠讓他迅速擺脫疾病。所以，我發電報給您，為斯凱爾斯小姐和高科勒先生在賓館安排房間。高科勒先生與大衛一起住在外面，斯凱爾斯小姐去的主要目的是，免得您和伊文斯夫人照顧大衛。大衛聽說去奧蒙德度假高興極了，盼望趕緊動身。請不要擔心他和其他任何人，否則我和艾比會不安的。

您知道，卡里先生在今年底就要退休了。他和我們一起工作許多許多年了。我一直在想，您和我贈送他一隻金錶作為禮物，他肯定會喜歡的。您覺得這個建議怎麼樣？如果您贊同，我就去準備。

> 深愛您的
> 約翰

---

076 佛羅倫斯‧M‧斯凱爾斯是大衛‧洛克斐勒的保母。高科勒先生是他的家庭教師。

百老匯大街 26 號

紐約

1927 年 5 月 23 日

親愛的父親：

　　我和艾比今天剛從亞特蘭大回來，在那裡的 2 日我們非常開心。我們是週三下午晚些時候到亞特蘭大的。芝加哥大學的前審計官阿內特（Arnett）先生（他現在也和我們聯絡），是斯佩爾曼學院理事會的理事長，他當時和我們一起參加了一次理事會會議。紐約市前地方檢察官的兒子 —— 年輕的威廉·特拉弗斯·傑羅姆（William Travers Jerome）也是理事會成員之一，他是一位帥氣的年輕人，和克爾蓋特的一個女兒結了婚，他也和我們一起參加了理事會的會議。那天晚上，身為亞特蘭大重要人物和斯佩爾曼理事會的副理事長，吉恩（Guinn）市長在亞特蘭大的一個鄉村俱樂部，設宴招待了斯佩爾曼學院理事會的理事和我們一行人。晚宴氣氛融洽，人們表達了對斯佩爾曼學院極大的熱情。第二天上午，我們參觀了學院和修女會小教堂（Sisters Chapel），小教堂建得非常完美，讓人舒心。隨信附上一張餐卡，就是參加晚宴的那張卡，上面就有小教堂正面和內部的圖畫。

　　您不會想到斯佩爾曼學院變化有多大。漂亮的校園，精美的建築，雖簡約但恰到好處。我們參觀了風格各異的大樓，還趕上了小教堂裡的學生集會，又做了幾次演講，之後還和經濟系的學生一起吃了他們自己準備的午餐。那天下午，喬治亞州

州長夫人邀請了幾個朋友和我們一起喝茶。那天晚上，在小教堂舉行了致辭儀式。我隨信為您附上一份活動情況。教堂大約有 1,200 個座位，全坐滿了，有白人學生，也有黑人學生。教堂兩側高大的窗戶敞開著，因為夜色溫暖迷人，而且視窗也擠滿了人，他們正熱切地向內張望，豎起耳朵傾聽。如果說沒有幾千，起碼也有幾百人，因為場地原因而進不了教堂。雖然活動時間很長，但聽眾卻興致很高。這是一次親身經歷，真的讓人心滿意足。

第二天中午時分，我們離開了亞特蘭大。週六上午，我們到達了里奇蒙，且週六和週日在威廉斯堡的威廉瑪麗學院度過。我們在這裡很安逸，休息得很充分。無論從哪個角度來說，這次旅程都很愉快，很有意義。塔普利（Tapley）小姐在致辭儀式上讀了您的信，並對您一貫的仁愛和關心表達了深深謝意。

這週我們要開幾次慈善委員會會議。普通教育委員會的一次會議將於週四、週五在普林斯頓酒店召開。我會在週五晚上回波坎蒂科山莊，且一直待到週一或週二早上，因為週一是陣亡將士紀念日。若週末您也有去波坎蒂科山莊的打算，那就太好了。

唐奈（Donnell）先生今早來看我，說起他最近拜訪您的經歷，還不斷地感謝您。

深愛您的
約翰

百老匯大街 26 號

紐約

1928 年 5 月 1 日

親愛的父親：

　　剛剛過去的一週，我們很忙。家裡的事，生意上的事。家裡的事是巴布斯的小女兒[077]來了，生意上的事主要是科洛內爾·羅伯特·W·斯圖爾特（Colonel Robert W. Steward）辭職[078]，鑑於他最近在華盛頓所做的證詞，似乎辭職是必然的結果。您完全可以想像得到，現在形勢嚴峻，危機四伏。另外，經過長時間詳盡的討論，我們高層一致認為讓他辭職是唯一的辦法。

　　我已經與公司總裁蘇伯特（Seubert）先生進行了充分而愉快的交談，他承諾完全忠於公司利益。

　　這只是順便向您匯報。我今天要去海豹港，好好休息一下，緩解這週的壓力。巴布斯的小孩非常可愛，我們都喜歡她。巴布斯自始至終是一個大好人，這一點很像她的媽媽，我們都為她而驕傲。

---

077　艾比·密爾頓（Abby Milton）是艾比·洛克斐勒·密爾頓和大衛·M·密爾頓（David M. Milton）的女兒，出生於 1928 年 4 月 27 日。

078　科洛內爾·羅伯特·W·斯圖爾特是印第安那州標準石油公司的總裁，在位時成績斐然。1912 年，他和其他一些石油公司的高層私下倒買倒賣各自公司的石油，從中牟取暴利。1922 年，在參議院調查蒂波特山油田（Teapot Dome）和艾克山油田（Elk Hills）醜聞時，這些交易浮出水面。1928 年，科洛內爾·斯圖爾特受到調查。他、小洛克斐勒以及其他一些人被傳喚至參議院委員會作證。小洛克斐勒不願接受斯圖爾特對那些交易的解釋，並要求他辭去印第安那州標準石油公司總裁職務。然而，斯圖爾特拒絕辭職，於是小洛克斐勒高調上演了一齣選擇委託人的大戲，迫使斯圖爾特下臺。

經調查，我知道了 10 號房間是蒸汽供熱，不是熱水供熱。關於這件事我曾經寫過信給您。

　　期盼儘早見到您。此信看完最好銷毀，因為容易引發事端。

深愛您的
約翰

百老匯大街 26 號
紐約
1928 年 5 月 23 日

親愛的父親：

您 5 月 22 日的來信收到，讓我深深感動。我相信，您給瑪格麗特（Margaret）的信一定會讓她那顆悲傷的心得以撫慰。

聽到野口（Noguchi）醫生去世的消息，我們非常難過，他是洛克斐勒醫學研究院很出色的日本科學家，想必您在報紙上已經看到，他是在南非研究黃熱病時不幸去世的。同樣令人悲傷的還有，詹姆斯·C·克爾蓋特最小的女兒，前兩天也去世了。她年紀輕輕，長得也漂亮，剛從瓦瑟學院（Vassar College）畢業，本打算上週結婚的，但卻被肺炎奪去了年輕的生命。感謝上蒼，我們的至愛親朋健在。

昨天晚上，四個慈善委員會的理事，除了三位沒到場外 —— 兩位在國外，另一位，蓋茲先生身體實在虛弱 —— 其餘的都來我家了，我們一起吃晚餐。此次聚會的主要目的是聽聯合委員會（Interboard Committee）的報告，這個委員會按照重組與整合各慈善委員會的規劃，已經運行一年多了。關於這個委員會的報告，我和您討論過很多次了，您也完全贊同。這次經過充分務實的討論後，報告一致通過。該委員會的主席，福斯迪克先生在研究處理這個棘手問題上表現出不凡的才幹和無畏的精神，他昨晚會議上陳述的報告以理服眾。我認為這是整合我們慈善委員會非常重要的一步，而且整合後的慈善委員會一定會比現在的效率有很大提升。今天我們召開了洛克斐

勒基金會的會議，明天和後天我們還要召開一些其他委員會的會議。

我們預計週五晚到達柏油村，而且一直待到本週日晚上或週一早上。如果天氣好轉，您想來這裡度週末，那我能見到您就太開心了。這週五晚上會有幾個住在附近的朋友一起和我們吃晚餐。

巴布斯和小寶寶都很好，他們在下週末要搬回波坎蒂科他們自己的家裡。

上週日晚上，科洛內爾·林德伯格（Colonel Lindbergh）來家裡，並和我們一家人一起吃了晚餐。約翰和納爾遜剛好在家，巴布斯和大衛也剛回來，因此，全家難得一聚。我們都覺得科洛內爾·林德伯格是一個單純、樸素、整潔又很有魅力的年輕人，非常高興能和他這樣親切地交談。

我們邀請他這個週末和我們一起去鄉下，他說，如果可以，他很想去。但到現在，我們還不知道他能不能去。

深愛您的
約翰

百老匯大街 26 號
紐約
1928 年 6 月 8 日

親愛的父親：

　　我和艾比剛從納士維 (Nashville) 回來。我們很開心，尤其是休息很足夠，因為來回坐火車每次大約 30 個小時。我們去了菲斯克大學，一所全國著名的黑人學校，感覺不錯，印象深刻。從學校回來，坐的是保羅·卡拉瓦什 (Paul Cravath) 先生的私人轎車，他是一名律師，父親是菲斯克大學的奠基人，他本人擔任菲斯克大學理事會的會長已有 25 年。在我們離開的那天晚上，納士維商會為我們舉行了一場招待會。大家都很友好，我們覺得沒有白來。

　　我希望您現在開始考慮一下搬到波坎蒂科山莊，因為從現在開始，我們會在週末或工作日回到山莊，但這個月 25 日，也就是週一，我們要去五大湖區旅行，大概去 1 天。

深愛您的
約翰

親愛的兒子：

我們看了你在納士維的演講[079]，太棒了。我們認為這是你所做過最好的演講之一。演講聽起來非常真誠，我們相信會有很好的效果。

我們這裡一切安好。我們感到很幸福和滿足，也願意過這種安逸寧靜的生活。

深愛你的
父親

---

079 小洛克斐勒在菲斯克大學 1928 年的畢業典禮上發表了談話。後來，他把這次講稿做了修改，在 1928 年美國勞軍聯合組織 (United Service Organizations) 會議上再次發表了演講，在這次演講中，他提出了自己的人生信條。

書信

百老匯大街 26 號

紐約

1928 年 6 月 14 日

親愛的父親：

您生日快到了，正如我在這些重要的紀念日裡常做的那樣，我希望能送給您真正想要的東西。我以前曾送過您毛皮大衣，雖然我覺得很適合您，但您不是很喜歡，我現在每到冬季都穿上它，感覺不錯，謝謝您把它回送給我。

我曾經用很長時間才說服您接受克蘭 —— 辛普利斯轎車，而且當您最終接受後，您又如此大度地請我再為您訂一輛，我當時開心極了。儘管我認為克蘭 —— 辛普利斯轎車還是很棒的，但畢竟這款車有點落伍。我家裡的這些人不愛使用克蘭 —— 辛普利斯轎車，去年他們就提出了抗議，結果我們買了一輛勞斯萊斯（Rolls Royce）和一輛林肯（Lincoln），這兩輛車確實表現非凡。

您現在擁有兩輛克蘭 —— 辛普利斯車，如果您希望其中一輛或甚至兩輛賣掉，如果您想棄用一輛或兩輛，並換成一輛或兩輛勞斯萊斯或林肯，或想換成任何一輛您特別喜歡的車，我都將非常高興地為您去做，只要您開心就好。

請您方便的時候告訴我您的想法，如果您對我的建議滿意的話，我將馬上操作。如果您覺得不妥，我也完全理解，因為收到不想要或不喜歡的禮物，不但不是一種快樂，反而是一種累贅。

深愛您的

約翰

高爾夫球俱樂部
紐澤西州雷克塢
1928 年 6 月 19 日

親愛的兒子：

你 14 日的來信說，要在我生日的時候送我禮物，我非常高興。

生日慶祝時你能參加，我們家庭其他成員也能夠到場，這是我最大的心願。如果我想到什麼我想要的禮物，我會直接告訴你的。

我真的是這樣想的。謝謝你的孝心。我感到非常幸福，我的生活充滿快樂。想有的都有了，而且數倍於本該所有。我感謝所有的人，感謝擁有的一切，讓我的人生如此甜美。

深愛你的
父親

洛克斐勒家族四代同堂，攝於 1928 年（左至右：約翰·洛克斐勒、
小約翰·洛克斐勒、艾比·洛克斐勒·密爾頓、艾比·密爾頓）

洛克斐勒莊園
紐約波坎蒂科山
1928 年 9 月 1 日

親愛的兒子：

　　謝謝你 27 日的來信，說得太好了。

　　我真的覺得，我們想做的一些事情可以透過認真協商和授權的方式來完成，不必親力親為，我們不僅不要想著再肩負新責任，還要逐漸地卸下更多舊擔子，這樣才能少操心。而且孩子們都長大了，他們開始承擔我們一直肩負的重任，毫無疑問這會極大地減輕我們的負擔。

　　這裡一切都好。在卸任回家之前，一定要對以後的事情做好安排，一旦真的回家之後，就不要再不顧一切地投入工作了。如果再有什麼重大事項，你身邊有很多人會願意分擔的，這有利於全局。

　　我們這裡的天氣很棒，炎熱的季節好像過去了。

深愛你的<br>父親

親愛的兒子：

　　你 13 日的來信收悉，在此之前我覺得這段時間我們不會通信了，而且現在也不敢肯定這封信能到你手中。你 1 月 9 日的來信如期收到，知道你們一切順利，旅途愉快，我們都很高興。日子過得太快了，我們開始籌劃 4 月初去雷克塢。天氣一直都不錯，我們身體也都很好，在這裡我們也待得很舒心。

　　我能想像到，你心裡一直在惦記公司的事務，希望了解情況。像平常一樣，我們接待了不少客人，喬治·E·文森特醫生下週要來，沃納（Warner）夫人也可能下週會來。你很可能已經聽說蓋茲先生去世的消息，蓋茲夫人、他的女兒和一個外孫情況也很糟糕。這真是一場可怕的災難。得知蓋茲先生去世，我馬上發送消息給蓋茲夫人：

　　「驚聞噩耗，您親愛的丈夫去世，我十分難過，他是我的夥伴、朋友，是我們生意和慈善事業上的得力助手。他的貢獻非凡，他為人類進步和全球慈善事業忘我工作，那些得到他幫助的人會永遠懷念他，我們也將永遠銘記他。您和家屬一定保重，節哀順變。」

　　我們在家很快樂，比以往我們更加感到滿足和幸福，我們應該感恩。在印第安那事件上，我們聽到太多對你的褒獎，我們一直關注著這件事。實際上，昨天我們還寄出了四封長信，相信對委員會來說也是樂於接受的。我想你已經從辦公室得知

我幾天前做出的必要公開回應，似乎回響也不錯，我們希望這有利於事態發展。

　　希望你們都得到充分休息，拋開了一切操心的事情。我這裡的朋友們比從前都更懂關心和體貼，都更安心和快樂了，所以我們掛在嘴邊的是：感恩，感恩，感恩。

　　不用急於回來。你不在世界也在，既然你旅行在外[080]，就開開心心地玩個夠。

深愛你的
父親

---

080　在 1929 的春天，小洛克斐勒、艾比、兒子大衛、芝加哥大學的詹姆斯·H·布列斯特德（James H. Breasted）博士以及其他一些好友遊覽了埃及、巴勒斯坦和法國。喬治·E·文森特在 1917 年到 1929 年間任洛克斐勒基金會主席。

親愛的兒子：

　　10 日來信收悉，你建議在我生日時買輛勞斯萊斯當禮物，我非常感動，也非常感激。但是，我的好兒子，車完全夠用，我不能再要更多的車了，否則良心會過不去。我不敢給年輕人、鄰居或其他人樹立一個奢侈無度的榜樣。

　　我們現在擁有的這些車輛，我已經很滿足了。我最想要的生日禮物是能夠看到我的親人，感受到他們的深情，且在你的帶領下，孩子們都很懂事出色。

　　請相信，對你建議的禮物我仍然非常感謝。

深愛你的父親

高爾夫球俱樂部
紐澤西州雷克塢
1929 年 6 月 13 日

親愛的兒子：

　　昨晚，想了一夜。關於你 10 日來信準備送我勞斯萊斯的事和我隨後的回信，我想說，如果你願意送我等值的現金而不是車輛的話，我會非常愉快地接受並用於最需要的慈善項目，這對我們兩個來說，這筆錢發揮了最大價值。

　　這只是個建議，你有你的想法，我相信你的決定。

深愛你的父親

百老匯大街 26 號

紐約

1929 年 7 月 5 日

親愛的父親：

根據我們最近的通信交流，在這裡我非常高興地隨信附上一張支票作為您 90 歲的生日禮物，這剛好是一輛勞斯萊斯的價值，19,000 美元，您說過您更希望生日禮物是現金。

這是多麼有意義的事啊（指用現金做慈善 —— 譯者注）！不僅是活到 90 歲，而是活得如此有意義、如此有價值、如此的快樂！通常，這個年齡的人都曠費時日，而您卻完全不同。您還在這樣那樣地、或大或小地努力改善這個世界，用您的餘熱，使一些人過得幸福，把力量、陽光、快樂帶給所有與您接觸的人。

您健康長壽是我們最大的幸福，您的智慧與心靈還會像過去一樣讓我們追隨，我們愛您、敬仰您，渴望成為一個像您那樣的人。

深愛您的

約翰

親愛的父親：

不好意思，我剛剛郵寄給您的聖誕禮物，是不值多少錢的兩打高爾夫球和幾支鋼筆，很快您就會收到，希望這些東西您用得上。

然而，您知道我對您的愛和深情不只展現在耶誕節，而是展現在一年 365 天中的每一天。

約翰開始來辦公室忙了，使我想起最初與您一起共事的情景。雖已日久年深，但那種快樂和熱情仍然歷歷在目。您的慈愛、耐心讓我永生難忘。在這些年中，對您給我的一切，包括您給我的那些巨額饋贈，感激之情難以言表。

希望這個即將到來的耶誕節令您歡欣，祝願新年帶給您永恆的健康、安寧和快樂！

深愛您的
約翰

佛羅里達奧蒙德海灘
1929 年 12 月 24 日

親愛的兒子：

　　非常高興收到你 19 日的來信，這些禮物正是我想要的。你來公司幫忙的這些年，正如約翰現在做的一樣，帶給我極大的快樂和幫助，對此我感恩不盡。你的卓越表現遠遠超出了我的期待。目前，既然約翰進入公司了，其他人也會陸續進入，那麼你可以盡快卸下你的重擔和責任，因為這些年來你已經負擔太重了。

　　這樣你可以把孩子們安排在最合適的職位，進而讓自己從長久以來的過勞負重中解放出來。每當聽說你把一些任務交付給其他人負責時，我都非常高興，你會發現這是最理智、最有效的方法。

　　和孩子們在一起我們很開心。天氣漸涼，但我們的身體和精神都不錯，共同祝願在北方的你們一切安好。

深愛你的
父親

親愛的父親：

　　幾天前，我和納爾遜及瑪麗·陶德亨特·克拉克（Mary Todhunter Clark）談到了您要送他們結婚禮物的事情[081]，因為您多次詢問送他們什麼禮物好。巴布斯結婚的時候，您給了她 20,000 美元證券當禮物。我想您這次也願意一視同仁。一般來說，結婚禮物都送給新娘，但納爾遜是您的孫子，我想您可以考慮把這份禮物分成兩份，10,000 美元送給瑪麗，10,000 美元送給納爾遜。如果瑪麗有特別想要的其他禮物，如珠寶，或兩人都需要的，如家具，那麼送這些東西也許更好。但我們已經送給瑪麗珠寶了，且可能馬上裝修兩位年輕人居住的公寓或房子，所以說不需要再送他們珠寶和家具了。我想，送給每人 10,000 美元應該是很合適的，我相信他們會把這些錢視為儲蓄金進行安全投資。

　　當然，這只是一個建議，送什麼禮物還是由您來決定。

深愛您的
約翰

---

081　1930 年 6 月 23 日，納爾遜·歐德利奇·洛克斐勒與瑪麗·陶德亨特·克拉克喜結連理。

百老匯大街 26 號

紐約

1930 年 5 月 16 日

親愛的父親：

謝謝您充滿慈愛的電報。我會努力按照您的建議去做，但生活就是這樣，讓您很難放慢腳步舒緩身心，雖然您知道您應該那樣做。

有件事還請您包涵，威廉姆·H·艾倫（William H. Allen）醫生的公共服務學院收到了某位朋友的贊助，出版了艾倫醫生撰寫的、關於您生平的書籍[082]，幾週前在雷克塢時我和您提起過。該書本週六將發售。這本書不像約翰·K·溫克勒（Winkler）寫的傳記[083]那樣從引人入勝、扣人心弦的視角出發，它更傾向於對您生平客觀敘述或心理分析。所以，我認為銷量會很有限，也不會引起很大的關注。雖然我不贊同這本書的出版，但我認為這也沒什麼害處。

深愛您的

約翰

---

082　威廉姆·H·艾倫：《洛克斐勒：巨人、懦夫、符號》（紐約，1930）。

083　約翰·K·溫克勒：《約翰·戴維森·洛克斐勒：石油鉅子》（康沃爾，紐約：藍絲帶圖書，康沃爾出版社，1929）。

親愛的父親：

　　當時，在幾個董事會的成員賣掉他們在大草原油氣公司和大草原管道公司股份的時候，我也想把手裡持有的這兩家公司的股票賣掉。但是我聽從您的意見，留下了這些股票，繼續持有。

　　現在，出售這兩檔股票的事又成為焦點。卡特勒先生一直在和您商量，您清楚當前的情況。我越發覺得應該處理掉這些股票。卡特勒跟我說，您不再建議我持有這些股票，如果我想賣掉就可以賣掉。謝謝您的理解。我已經授權卡特勒先生出售我的股票，價格不低於 1928 年其他董事賣的價格。

　　卡特勒先生告訴我，您目前不想賣掉您在這兩家公司持有的股份。恕我直言，請您認真考慮，原因如下：

1. 大草原油氣公司基本上將成為一家辛克萊的公司，如果不是直接，也將是間接地受控於大草原管道公司。辛克萊將成為大草原油氣公司的主要代理人。我覺得，持有他公司的股票會造成大眾的誤會和誤解，也讓標準石油公司的管理階層對我們處理科洛內爾·羅伯特·W·斯圖爾特事件的態度產生質疑，因為斯圖爾特與辛克萊之間有著千絲萬縷的連結。

2. 有人告訴我，W·S·菲茲派翠克（W. S. Fitzpatrick）[084] 被

---

084　W·S·菲茲派翠克是大草原油氣公司董事會主席。他在蒂波特山油田事件上提供證詞，導致科洛內爾·羅伯特·W·斯圖爾特的行為暴露。湯瑪斯·M·德貝沃伊

內定為擴大後的大草原 —— 辛克雷爾公司的董事會主席。雖然您對菲茲派翠克的判斷也許是對的，但湯瑪斯‧M‧德貝沃伊斯（Thomas M. Debevoise）先生、卡特勒先生和我對他沒有像您對他那樣有信心，實際上，我們對他並不完全信任，不想將您或我的股票間接交由他來管理。

3. 我所接觸的所有石油行業的人，無一例外地強烈建議我們從大草原公司撤出。他們看得非常清楚，大草原公司的未來將會困難重重，而且還有一點非常明顯，各自為戰的發展計畫很可能為大草原公司的未來埋下苦果。

最後，我想說，您、我以及我們所關心的人，既不持有大草原油氣公司的股票，也不持有大草原管道公司的股票，這對我來說將是一個巨大的安慰。

深愛您的
約翰

---

斯是老洛克斐勒和小洛克斐勒的最後一位顧問。他是小洛克斐勒在布朗大學的好兄弟，1925 年進入標準石油公司。

親愛的兒子：

　　3 日來信收悉。我仔細考慮了一下你的觀點，覺得非常有道理，我會記在心裡的。我完全同意你按照自己的想法出售股份，如果你出售成功，我定會權衡考慮出售我的股份。但是，如果我不賣（暫時是這樣想的），我希望，而且我也相信不會傷害到我們的共同利益。

深愛你的
父親

雅典娜廣場
法國巴黎
1930 年 11 月 13 日

親愛的父親：

　　開車旅行了 3 週之後，昨晚我們又回到了巴黎。我們去西班牙北部待了幾天，剩下的時間在法國南部和庇里牛斯山（Pyrenees Mountains）度過。我們僱傭了一位以前在這裡我們常聘用的司機，他不但駕駛技術好，也相當熟悉旅遊路線。全程都是開車旅行。威廉和我們一起去了，我們把所有的行李都放在車頂。我們非常喜歡西班牙，本想再遊覽一下南部，但旅行太累了，於是我們決定在北方多遊玩一些時間，然後再去法國南部的比亞希茲（Biarritz）海濱和庇里牛斯山住幾天。我們還要在巴黎待幾天，艾比要買點東西。我們下週三乘船返回，在感恩節前一天能夠回到紐約。

　　今年，歐洲的雨水很大。法國的一些河流暴漲，幾乎要到達警戒線。要是這些多餘的雨水降在美國就好了，我們非常需要。孩子們寫信說，波坎蒂科的秋天很漂亮，大衛特別喜歡那裡。他們都提到了您，說和您在一起，他們非常快樂。

　　謝謝您發來的幾次電報，我們很珍視。我們還總是收到來自納爾遜和瑪麗的信件和電話，他們現在正在香港，玩得很開心。

　　期盼感恩節見到您。

深愛您的
約翰

親愛的父親：

　　我一直還沒來得及謝謝您 12 月 1 日的來信。您在信中還附上了您去南部訪問的相關剪報，以及您 12 月 1 日給迪蘭太陽新聞 (Deland Sun-News) 的編輯戈爾 (Gore) 先生的信。我知道，您在南部訪問會不時地遭到記者刁難，但看到您附上的文章和其他人寫的文章，我很開心。謝謝您的分享。

　　這裡一切安好。您回去之後，我們每週五的晚上和週六整天都會待在鄉下，那裡的天氣很好。孩子們還是喜歡在那些新鋪就的大道與小路上騎馬，我和艾比則經常開車兜風。

　　今晚，我打算去一趟波士頓，到眼科醫生那裡做一個例行檢查。之後，還要去見一位來自緬因州的商人。明天下午回家。

　　我們非常喜歡河畔教堂 (Riverside Church)。在那裡做禮拜能使人獲得最大程度地滿足感，而且令人鼓舞振奮。芝加哥大學教堂的吉爾奇 (Gilkey) 博士昨天來布道了，整個教堂擠滿了人。

　　瑪格麗特[085]最近身體不太好，到醫學院做了 X 光檢查。她好像患有風溼，這可能是她感到不舒服的原因。艾比在幫她找醫生，確定治療方案。

---

085　瑪格麗特·斯特朗·奎瓦斯 (Margaret Strong de Cuevas)，出生於 1897 年，是老洛克斐勒大女兒貝西·洛克斐勒·斯特朗 (Bessie Rockefeller Strong) 的女兒。

　　我要告訴您，在上週日下午的聖餐禮上，艾比帶來了布來克立夫教堂（Briarcliff Church）的介紹信，並被吸收入河畔教堂。同一天被接收入河畔教堂的有 187 人，是近 3 個月新加入的教友，在秋初時有近 100 人加入。這些人都是非常優秀的人，有教授、教育家、作家等。

深愛您的
約翰

---

奧蒙德海灘，1919 年 2 月 6 日

親愛的兒子：

　　我準備贈授你 50,000 股紐澤西州標準石油公司的股票。我已經寫信給卡里先生，指示他把這些股票轉至你的名下。

深愛你的
約翰・戴維森・洛克斐勒

---

佛羅里達奧蒙德海灘
1919 年 12 月 27 日

親愛的兒子：

　　謝謝你漂亮又貼心的聖誕禮物 —— 我要說，太多了。讓我格外驚喜的是，你和芭比來陪我過聖誕。

深愛你的
洛克斐勒

百老匯大街 26 號
紐約
1933 年 2 月 3 日

親愛的父親：

12 月 29 日收到一封名為愛麗斯·H·吉伯特（Alice H. Gilbert）小姐給您的信，隨著這封信還附上了很多信，那些是媽媽和魯特姨媽在年輕時寫給一位名叫霍利（Hawley）夫人的信，這位夫人就是這位吉伯特小姐的祖母，當時在愛荷華州柏林頓教音樂，媽媽和魯特姨媽是她的學生。這些信差不多有 20 封，我剛好有機會都瀏覽了一遍，很有趣，現在還能看到這些信真是太美妙了。

我代表您，已經向吉伯特小姐寫了一封感謝信。在我去奧蒙德的時候，我會把這些信帶給您的。寫這封信給您的目的就是讓您知道這件事，一旦吉伯特小姐再寫信給您，您就會有個準備。如果真是那樣的話，或許可以請戴維斯（Davis）先生把信帶給我，以便做必要的回覆。

深愛您的
約翰

佛羅里達奧蒙德海灘
1930 年 12 月 23 日

親愛的兒子：

　　剛剛收到你 20 日的來信。

　　謝謝你寄來那些漂亮的領帶，那是我親愛的兒子對我深厚情感的表達。

　　祝假期愉快。

深愛您的
父親

百老匯大街 26 號
紐約
1930 年 12 月 29 日

親愛的父親：

查閱了各個委員會的報告，想和您分享以下這些資訊：

今年 6 月，普通教育委員會出售了一些股票，帳本上的價值是 20,000,000 美元，出售所得 40,000,000 美元。也就是說，您捐贈給普通教育委員會的 20,000,000 美元獲得了增值。另外，普通教育委員會自從成立以來，共撥款 214,000,000 美元，其中 174,000,000 美元目前已付出，實際上還有 40,000,000 美元未付出。所有撥款中，182,000,000 美元用於白人教育事業，26,000,000 美元用於黑人教育事業。

另外，洛克斐勒醫學院，除了投資土地和建築的 10,000,000 美元外，最近又獲捐款大約 60,000,000 美元。

這些數字對我的觸動很多，我想您一定也會有同感。

深愛您的
約翰

書信

百老匯大街 26 號

紐約

1931 年 1 月 5 日

親愛的父親：

　　一個多月前，您捎信來說，您在波坎蒂科山莊穿的皮袍不穿了，如果我們想要的話可以拿來穿。現在看這皮袍真是太漂亮了，由狐狸皮製作而成，我想它是伊齊吉爾·戴維森（Eze-kiel Davidson）從南非帶回來給您的。它不僅由狐皮製成，而且非常時髦，有幾隻狐尾從袍子上垂下來。我們請人為皮袍做了內襯，專門在開車或坐車時穿。我們都非常喜歡這件皮袍，它不僅外觀漂亮，而且皮料也非常珍貴，在旅行時展開就是很棒的毛毯。我和艾比非常感謝您的這件禮物，它和您曾經送還我的毛皮大衣一樣珍貴。

深愛您的

約翰

親愛的父親：

　　我已經向美國紅十字會千萬美元運動承諾為紐約配額貢獻
250,000 美元，用於全國救助。柏油村需要籌劃的額度是 3,000
美元，這讓我想到了我們應該承擔的額度，基於我們在柏油村
的地位，我們的額度大概是 500 美元。我在考慮您是否願意自
己承擔這筆捐款。[086]

深愛您的

約翰

---

086　老洛克斐勒同意向柏油村紅十字會捐獻 500 美元。

亞利桑那酒店
亞利桑那州土桑市
1931 年 3 月 6 日

親愛的父親：

　　到今晚為止，我們在這裡已經有一週了，每天都享受著這裡明媚的陽光。我們住在一個全新的小家庭旅館，特別的舒適安靜。

　　幾天前，在旅館餐廳吃午餐時，鄰桌的一位女士向我鞠躬致意。我回以鞠躬禮，但沒有認出她是誰。後來，有人告訴我，那位女士是艾達‧塔貝爾，她就住在我們房間的隔壁。

　　這週我們要開車兜風、騎馬、晒太陽。土桑位於沙漠中，四面環山，沙漠縱橫都在約 20 到 30 英里的樣子。

　　我們一夜睡 9 ～ 10 個小時，盡享安眠慵懶時光。艾比的感冒徹底痊癒，看起來氣色很好，我也一樣。

　　想一想和您在一起的那 2 週，多麼美好。您對我們慈愛有加，每一分鐘都過得那麼開心。

深愛您的
約翰

親愛的父親：

　　許多年來，您都一直向偉大的傳道者德維特·L·穆迪（Dwight L. Moody）在赫蒙山（Mt. Hermon）創辦的諾斯非學校（Northfield School）捐資。您既捐建了大樓，又捐贈了一些儲備基金。最近沒有捐贈。

　　今年 6 月 12 日是這所學校建校 50 週年紀念日。近幾個月來他們正在努力籌備 300 萬美元的校慶基金。基金分配如下：

　　300,000 美元——增加教職員薪水，每年總共 15,000 美元

　　500,000 美元——教師退休金

　　200,000 美元——老建築的維修與改造

　　2,000,000 美元——非特定用途基金

　　目前，3,000,000 美元的籌資計畫還差 314,000 美元。他們懇求您捐贈這筆款項或者其中一部分。

　　由於穆迪先生的威望，也因為您對他深深的敬意，以及這些年來您對這項事業的支援，所以我向您匯報此事。如果您願意捐贈，但對捐贈非特定用途基金有所顧慮，您可以要求您的捐贈用於教師退休金或部分用於教師退休金，部分用於建築修繕。

深愛您的
約翰

紐澤西州雷克塢
1931 年 6 月 10 日

親愛的兒子：

　　8 日來信收悉，信中提到向諾斯非學校捐贈一事。我非常抱歉地說，我不想參與這件事。我希望向他們捐贈，但他們的一些做法我是無法接受的。

深愛你的
父親

親愛的父親：

難以想像，到明天我回來就快一週了。我想起我們在波坎蒂科山莊一起度過最快樂的時光。我常常問自己，有哪個父親僅僅為了與自己的兒子待在一起，而不厭其煩地從一棟房子搬到另一棟房子呢？

自從我回來，天一直迷霧濛濛，但今天晴空萬里，讓人心情舒暢。內德‧巴拉德（Ned Ballard）和貝西開車來緬因了，他們準備在附近的一個賓館住一兩天。今天上午他們打算和我們一起開車轉轉。約翰正開車趕來，今天下午就會到。勞倫斯在海邊，很快就趕過來。其他孩子都在家，但納爾遜在波坎蒂科，您知道的。我們時不時會看望拜爾德海軍上將（Admiral Byrd）。週六晚上他與他的妻子和我們一起吃晚餐，昨天孩子們還去他們家玩了。

您返回雷克塢的路上一定很順利吧！您動身早，完全能夠避開車流高峰。我很高興，您可以試試碼頭沿岸的高速公路和荷蘭隧道（the Holland Tube）。

約翰按照我的要求，最近正在波坎蒂科山莊檢查我們的車輛，看看哪些車輛需要修理，哪些車輛必須更換。他注意到佩恩（Payne）小姐的車，因為她的車與我們其他車輛牌子不一樣。檢修人員說這部車耐磨損，雖然已經開了 4 年，但表面很

好。他們也偶然間向約翰提到這種車不夠耐震，不易操控。不知您是不是打算將它賣掉，如果不是的話，約翰提議可以安裝一個液壓減震器，也花不了多少錢，能夠大大改善操控性。如果您覺得可以，波坎蒂科的機械師就能修理，讓約翰去處理，也很簡單。如果您不關心這些事，就不用考慮約翰的建議了。在車輛問題上，孩子們難免考慮不周。

深愛您的
約翰

親愛的父親：

謝謝您 9 月 12 日的來信。信中提到您在考慮放棄雷克塢的乳牛場，您說您的老朋友康乃狄克的巴爾內斯（Barnes）先生賣掉了他在康乃狄克的乳牛場。

我想沒有人會自欺欺人地認為個人農場可以盈利。那就像遊艇這類東西，明顯是一種奢侈品，儘管我並不贊成如此豪奢。我個人對農場沒多大興趣，而且一點也不懂。另外，我和艾比覺得在波坎蒂科山建一個農場的話[087]，這種想法我和您探討過，孩子們會非常感興趣的，會成為他們與這裡情感連結的又一紐帶。到目前為止，兩個結了婚的孩子喜歡波坎蒂科山，而且願意永遠住在這裡，這是我們的幸運。其他孩子也表達了類似的願望。開發規劃波坎蒂科山的同時，我在想建農場的事。這件事對我來說意義重大，即使投入大量的時間、精力和金錢，也是值得的。現在時機越來越成熟，孩子們在波坎蒂科山待的時間越來越多，所以我早就想過可以由孩子們管理農場，誰有興趣誰就可以參與。這靠興趣推動，而且對所有住在這裡的人都有益處，因此，這是一個關乎個人利益的事，孩子們會更用心的。

我毫不懷疑，在這個問題上您基本上會同意我的想法，就

---

087 小洛克斐勒在波坎蒂科山建了一處農場。有馬廄、乾草棚、附地窖的牛棚，還有一些附屬建築。這處農場一直到小洛克斐勒去世後才關閉。

像我同意您的觀點一樣 —— 購買農產品可能比生產農產品成本低得多，雖然有時產品不是同樣的令人滿意。

深愛您的
約翰

親愛的兒子：

　　謝謝你寄來的漂亮圍巾、實用的雨傘架、精美的花環，以及介紹河畔教堂的書籍。這些禮物我都非常喜歡，就像你全年每天都在為我做的那些貼心事一樣，我對此感激不盡。

　　我們這裡一切安好。我們確實很忙，今晚就要辦聖誕慶祝活動了。我們已經舉行了大大小小很多節日的聚會，比往年多，照片也照了很多，大家都非常開心，彼此祝福。

　　今早我的房間裡第一次生火。外面的溫度是華氏 60 度（約為 15.6℃ —— 譯者注）。

　　最近過的這幾天，需要我們有耐心和智慧，我希望參加的這些聚會能為我們帶來更多的益處，儘管在這種節日歡樂氣氛中，這些東西並非我們有意而為。

　　我們盼望著你和艾比的到來。你們 2 個都要注意身體，不要因為別人鼓噪而逞能，那會要人命的。我們必須學會保護自己，在這裡我們每天都在努力學習這一課，並一起商討最聰明的處理方式，盡量減少負擔和衝突，並表現出最大的友善。

　　我還是很慶幸去紐約看了整骨醫生，我們這裡也有一位，伊文斯夫人很喜歡。他好像技術不錯，替伊文斯夫人治療過 10 或 12 次，效果很好。以後請他幫你和艾比看一看。

　　我愛你們每一個人。

深愛你的
父親

百老匯大街 26 號

紐約

1932 年 4 月 12 日

親愛的父親：

您說您對奧蒙德的家進行了改造，尤其是我和艾比住的房間，我對此很感興趣。從向陽的那間小房間開一扇門通向露臺，聽起來很棒。我們非常抱歉未能按計畫去奧蒙德，其實很想參與這次的改造工程。孩子們的假期到這週五結束。很快您就要來北方了，而且現在去南方確實有點晚。我和艾比這個冬季太忙了，因此，想週五去一趟維吉尼亞溫泉城（Virginia Hot Springs），在那休息幾日 —— 不會更長時間的。

我們都很好，只是大衛感冒了，上週大部分時間都在臥床。我認為他感冒的原因是他在開學前一週參加了太多的派對。當然他不同意我的說法，他那越來越縱容他的媽媽也不同意。但不管是什麼引起的感冒，他開學第一週就耽誤了 4 天的課程。但願，假期時光帶給他的美好回憶彌補了他的損失。

上週三的晚上，我設宴招待了大約 24 位商業界領袖。這是德比沃伊斯（Debevoise）先生的建議，藉此表達對亞伯特·威金（Albert Wiggin）先生[088]的敬意，以便平緩年初盛傳我們不支援威金先生，以及他與溫斯洛普·W·歐德利奇（Winthrop W. Aldrich）先生有分歧的謠言。威金先生的 12 位董事都參加

---

088　1930 年，大通銀行合併了權益信託公司，亞伯特·威金任理事會主席。洛克斐勒家族擁有該合併公司約 4% 的股份。溫斯洛普·W·歐德利奇是小洛克斐勒的連襟，他是權益信託公司理事會成員，是新公司的總裁。

了晚宴[089]，包括德比沃伊斯先生、卡特勒先生、伯特·密爾班（Bert Milbank）和艾克（Ecker）先生。摩根先生也來了，還有蒂格爾先生、鋼鐵公司的泰勒（Taylor）先生、歐文·楊（Owen Young）先生、布里斯班（Brisbane）先生、散熱器公司的伍利（Wooley）先生以及他的副總芬頓·圖爾克（Fenton Turck）先生[090]。另外還有兩三位，其中包括約翰和納爾遜，這讓我倍感欣慰。那晚過得非常愉快，德比沃伊斯先生覺得目的達到了。我真希望您當時在場，見一見這些人。

這個夏季我們一直在為巴布斯和大衛整修房子。他們的新家會非常漂亮，他們年輕人很喜歡。

期盼早日在雷克塢見到您。

*深愛您的*
*約翰*

---

089　這次晚宴後約 6 個月，威金退休。1933 年，皮克拉委員會（Pecora Senate Committee）調查美國銀行業，揭露了威金挪用大量資金，投機大通股票，並涉及其他投機活動。

090　芬頓·圖爾克和納爾遜在同一家公司「特殊工程」工作，這家公司為新的洛克斐勒中心尋找租戶。

佛羅里達奧蒙德海灘
1932 年 4 月 13 日

親愛的兒子：

你 4 月 11 日的來信收悉，信中所附關於你 1922 年購買我的森林山地產的資料，也一併收到。

你說對了，我當時確實不太理解你怎麼想把這部分土地全部或者部分送給市政做公園。隨著這片地塊周圍市區的不斷發展，把它最後留作公園是否符合大眾的利益，這很難說。

在我把這塊地產賣給你的時候，我沒有規定你該怎麼使用。無論你如何處置這塊地產，是全部還是部分捐出作為公共用地，做公園還是其他，或者用於商業，或者留待使用，我都完全支持你。

深愛你的
父親

百老匯大街 26 號
紐約
1932 年 11 月 15 日

親愛的父親：

　　非常高興收到您的幾份電報，一份發自傑克孫維市（Jacksonville），一份是你剛到奧蒙德海灘發來的，還有一份是之後發的，謝謝您。

　　上週一場大雨過後，一直是晴空萬里、陽光明媚，我們非常喜歡這樣的天氣。我們尤其心存感激的是，約翰結婚[091]那天天氣很好。一切都在有條不紊地進行。大教堂裡除了最前面的走廊外，到處都擠滿了人。我想至少有 1,500 人或者更多到場見證了這場婚禮，這是一場非常盛大優雅的婚禮。舉行婚禮的教堂莊嚴典雅，雕刻和玻璃飾品精緻華美，為那天下午的盛會提供了絕佳的場景。婚禮場面非常壯觀。大衛和與他走在一起的迎賓，是 12 位迎賓中最矮的。您可以想像一下那些迎賓的個子有多高。女儐相們身著深紅禮服，主要伴娘一身紫衣，個個身材苗條高挑，而新郎新娘更是光彩照人。約翰十分沉著、穩重、高貴、帥氣，而布蘭切特（Blanchette）的表現也非常得體。沃納夫人和鄧肯（Duncan）小姐與我們一起坐在前排。辦公室裡的人幾乎都來參加婚禮了，整個家族的人也差不多都來

---

091　1932 年 11 月 11 日，約翰·戴維森·洛克斐勒三世與布蘭切特·費里·胡克（Blanchette Ferry Hooker）結婚。小洛克斐勒為海外布道調查團捐贈 363,000 美元。1931 年該調查團派出小組前往中國、日本和印度進行調研。1932 年，根據調研結果，《重新審視海外傳教活動》（*Re-Thinking Missions*）一書出版。調研結果也影響了小洛克斐勒日後對宗教事業的捐贈。

了，其中還有很多是從鄉下趕來的。大家興致勃勃地稱讚這場婚禮的典雅與莊重。我們尤其高興的是，看到幾乎所有的報紙都評論這場婚禮很簡樸。雖然兩位年輕人在為這重大時刻做準備的過程中壓力很大，但他們非常成功地完成了這件人生大事。那晚他們住在城裡，第二天下午準備搭船前往百慕達群島（Bermuda），在那裡他們要享受輕鬆安靜的蜜月。

既然這件大事已經完成 —— 一個給我們所有人帶來巨大歡樂的喜事，我們又回到了正常的生活軌道。這週四，要宴請巴拉德先生，您寫信給他提過這件事。週五晚上和週六全天，我們的海外布道調查團（the Layman's Foreign Mission Inquiry）將舉行大型會議，7個布道委員會的代表和官員，以及其他布道團體的代表，已經接到邀請準備參加，大約有500人。與會的一些代表將做報告，最後大會將討論各方建議，並決定採取何種措施。我們對本次大會充滿期待。

今早我寫信給您時就聽說，那位本該在華盛頓的先生生病了，一直在家，究竟是怎麼回事我們還不清楚。

請代我問候伊文斯夫人和米切爾夫人。

深愛您的
約翰

親愛的父親：

　　我負債大約 700 萬或 800 萬美元。今年我有很多需要支付的款項，陸續到期。除了上繳去年沉重的收入所得稅後，我的收入遠遠不抵我的支出。

　　您知道，我有大量政府及國家免稅債券，所以可以很輕鬆地借到今年所需的經費。一般情況下，我會這樣做，但考慮未來的不確定性以及政治經濟上的動盪，為了挽回，甚至避免損失，我開始逐步出售紐澤西公司和印第安那公司的股票，這樣至少能緩解經費上的壓力。

　　德比沃伊斯先生和卡特勒先生完全贊同我的做法，全面考慮一下當前的形勢，這是最有效的辦法了。我們在想這種做法是否也適合您，當然，唯一的不同是您賣股票的目的是為了減少貸款，強化您的經濟地位，以對抗不可知的未來，而不是像我這樣，為了填補資金缺口。

深愛您的

約翰

百老匯大街 26 號

紐約

1933 年 2 月 8 日

親愛的父親：

　　考慮到約翰·T·弗林（John T. Flynn）先生撰寫您生平的《上帝的金子》（*God's Gold*）一書[092] 受到普遍好評，我又請出版社再版了您寫的《洛克斐勒自傳》（*Random Reminiscences of Men and Events*）[093]，現在手上就有 1,000 本。我準備寄 6 本到奧蒙德給您，考慮到您也許願意送給朋友。如果您還想多要一些，請直接告訴我，肯定滿足您。因為孩子們讀了《上帝的金子》這本書，都非常喜歡，所以我準備郵寄給他們每人一本《洛克斐勒自傳》。

　　大衛週一晚上回到家，提起奧蒙德之行還興奮不已。這次旅程對他非常有好處，他也很享受。謝謝您在房屋那麼擁擠的條件下還照顧他。

　　艾比雖然還在臥床，但已經好多了。她的身體在明顯地好轉，所以我們希望再過幾天她能完全擺脫感染。

　　我昨天去華盛頓了，並且在白宮吃晚餐，遺憾的是，艾比不能隨我一同前往。晚宴氣氛很好，真的讓人感到愉悅。

深愛您的

約翰

---

092　約翰·T·弗林撰寫了《上帝的金子：洛克斐勒的故事及他的時代》（紐約，1932）。

093　約翰·戴維森·洛克斐勒撰寫了《洛克斐勒自傳》（紐約，1908；福特漢姆大學出版社重印，1991）。書中的文章最開始刊登在道布林迪（Doubleday）出版社發行的雜誌《世界大觀》（*World's Work*）上。

親愛的父親:

　　1 ～ 2 週前,您問我們對您在生日時發表講話是否有什麼建議。我對您今年生日發表講話的做法並不覺得是明智之舉,因此,昨天我跟您說我表示反對 [094]。

　　之後,我又想起涉及公眾的兩三件事,這個時候說出這些東西或許是個時機。因此,隨信附上了我的簡要觀點。今早我與雷蒙德·B·福斯迪克討論了我的這些觀點,他表示完全贊同。明天我要和艾維·萊德拜特·李再探討一下,您也能知道他的態度。在經濟復甦之際發表感言會有助於提升民眾信心;我覺得,您對羅斯福總統表達讚賞之意是非常明智和得體的;對於一個像您這樣地位的人,在 94 歲生日時(也許有人認為這個年齡的人一定是因循守舊的),傳達合作互助的資訊,我想必然會帶來十分有益的影響,尤其是在這種自私自利風氣氾濫於整個社會的時候。

　　這就是我起草這份講話摘要的原因,您也許正在思索我起草的這份摘要,過後我還會繼續修改提煉,再寄給您。當然,這只是一個建議,如果您覺得不發表講話更好,我也能完全理解,也完全贊同。

深愛您的
約翰

094 洛克斐勒先生認為這個時候發表講話沒有必要。

緬因州海豹港
1933 年 8 月 25 日

親愛的父親：

　　我和艾比再一次回到波坎蒂科山莊，十分開心，和您度過的每一天我們都非常珍惜。突然出現的情況（指艾比突然發病——譯者注），讓我們措手不及，很抱歉給您帶來這麼多的麻煩。但您和伊文斯夫人卻是那麼地有耐心和付出。現在一切都過去了，希望您忘掉我們帶給您的麻煩。艾比現在做事非常小心，而且身體正在好轉。離開波坎蒂科山的前幾天艾比病倒，但自從那次生病以來，艾比再也沒有出現狀況，而且越來越好。身體恢復是需要時間和耐心的，而且，她現在已經意識到過度勞累的後果，我相信她一定會盡力避免再犯同樣錯誤的。

　　最近，我在電話裡常常與華盛頓的蒂格爾先生和希克斯先生交流，也與紐約的李先生通話，談論的基本是，我明天，也就是週六晚上 10 點的電臺演講。之前我還擔心，詹森將軍（General Johnson）對待勞工問題的立場也許會改變當前的形勢，因而會使我的演講有點不合時宜[095]。然而，剛好相反，他明確表示工人有選擇什麼樣勞工組織的絕對自由。

　　自從回來後，我們這裡一直陰雨連綿，霧氣彌漫。不過，這樣的天氣剛好適合慵懶自得，修心養身。

　　再一次謝謝您對我們的款待。

深愛您的
約翰

095　小洛克斐勒的電臺演講是在支持「國家工業復興法案」。

224

約翰·洛克斐勒與曾孫們，攝於 1933 年

5600 號房間
紐約洛克斐勒廣場 30 號
1934 年 2 月 17 日

親愛的父親：

　　似乎難以想像，您現在已經回到了奧蒙德，住在美麗、明亮、灑滿陽光的房間，享受著南方的暖陽和柔和的空氣。很高興您一路平安，您現在住的地方氣候宜人，有助於您恢復體力和精力。剛剛過去的 4 個月經歷，我將終身難忘。您的耐心、樂觀、勇氣和對他人無微不至的體貼，給我們所有人都留下了永不磨滅的印象。您所表現出來的信心和沉著，為我們樹立了良好榜樣，對我們是一生的鼓舞。您長時間待在室內，計畫還不時地根據需求被打亂，為此我感到對不起您，但過去的幾個月裡能經常看到您，對我來說是一種莫大的幸福與快樂。我從沒如此清醒地意識到，一個人做的與一個人的人格比起來是微不足道的。您的人格一直以來為人稱道，您一生做過很多好事，但您人格中的偉大、堅強、簡樸和謙遜，與這些好事相比，則更加光輝耀眼。沒有哪個為人子的像我這樣幸運，能夠在成長歷程中接受如此珍貴的教育。

　　回想過去發生的事情，我更堅信您的智慧，您選擇動身去南方的時間是最合適的。您從巴爾的摩、傑克孫維和奧蒙德發來的電報，無不表現出慈父的體貼，謝謝您。我非常高興，您的旅途順利，沒感到勞頓。我知道，您好好地靜養和休息幾日，很快就會恢復精力。

溫斯洛普定於今天下午動身。一切都準備好了，他也是信心滿懷、躊躇滿志的樣子。與詹姆斯·A·莫法特（James A. Moffatt）先生和沃爾特·C·蒂格爾（Walter C. Teagle）先生的會面[096]非常愉快，肯定還會再會面的。我相信，我們所討論的問題會得到完美的解決，不會有什麼障礙的。週四的時候，我和加利福尼亞標準石油公司的金斯伯里先生交談了 2 個小時，從他那裡聽說了許多有趣的事，雖然都是一些瑣碎的小事。

　　一週前，地牙哥·里維拉（Diego Rivera）[097] 創作的壁畫被從洛克斐勒中心的牆上撤下，許多藝術家表達了他們的憤慨，不過，明天您就會在報紙上讀到休·羅伯森（Hugh Robertson）先生致一位藝術家的信，信中將提出對此事的看法，而在此之前，他已經和那些持反對意見的藝術家們的領導者溝通過，我相信這封信將改變那些藝術家的態度，平息他們的批評之聲。這封信是在我辦公室草擬的，信中提到了一個從未公開的事實，也就是，這幅畫屬於低級趣味，與洛克斐勒中心高貴的氛圍格格不入。接著這封信又指出，正是由於這個原因，洛克斐勒中心決定毀掉這幅畫。這件事藝術家們都不知道。和他們談過之後，他們對我們處理這幅畫的方式不再質疑了。希望上週

---

096 詹姆斯·A·莫法特是印第安那州標準石油公司的總裁。沃爾特·C·蒂格爾是紐澤西州標準石油公司的總裁。溫斯洛普·洛克斐勒當時準備去德克薩斯州，從事石油行業的工作。

097 地牙哥·里維拉是一位墨西哥畫家，曾受邀為洛克斐勒中心創作一幅單色壁畫，以表現「人類在重新認知物質時所面臨的全新可能性」。然而，他畫了一幅色彩斑斕的壁畫，呈現的畫面有性病、紅旗、玩牌的富人們，以及一列寧畫像。當被要求修改壁畫時，他拒絕了。於是，他的壁畫被毀掉，取而代之的是喬瑟·瑪利亞·澤特（Jose Maria Sert）的作品。

我們所受到的攻擊能轉化為一種有益的宣傳，相信大眾最終會
理解我們的立場的。

　　我必須就此打住，不能像在您身邊聊天那樣，這封信已經
夠長了。當我們想讓您知道我們有多愛您，每天有多想念您的
時候，我們也想讓您知道，您在美麗的南方頤養身心，我們有
多麼開心。

深愛您的
約翰

親愛的父親：

　　謝謝您發來的幾份電報，我們很開心也很放心，尤其是上一份電報，您對上週六在威廉斯堡成功集會表示了祝賀。我們很高興知道您每天能夠起床走動數小時，而且也能夠開車出去兜風了。這說明您的身體狀況已經大好。這個週日，暴風雪開始在北方肆虐，我們很慶幸您現在在南方享受著溫暖的氣候。

　　在威廉斯堡的活動非常順利。布蘭切特、約翰還有大衛和我一起的。維吉尼亞州聯合大會的官員、州長以及州政府的其他官員熱情地接待了我們。他們在改建的國會大廈裡舉行了歡迎儀式，很隆重，很周全，令人難忘。參加活動的大概有 200 人，此外還有他們的夫人。這些女士無法進入國會大廈，於是她們就在威廉斯堡的戲院裡透過擴音器聆聽整個儀式。上午的儀式結束後，有一個招待會，我們因此有了彼此認識的機會，於是我們宴請所有來賓共進午餐。下午，來賓們參觀了幾座重要建築，5 點左右搭乘專用列車回里奇蒙。州長在他的致辭中講到威廉斯堡在重建過程中獲得的成就，也提到了洛克斐勒家族長久以來給予的慈善捐助。您無疑是最大的貢獻者，這些榮譽屬於您。我代表您接受了他的致意。我的開場白是即席發揮的，在我列印的講稿裡是沒有的。我會從速記員那裡要一份寄給您。

　　勞倫斯在華盛頓誕辰日時回家了。他看起來好像一直沒有好好讀書，因此現在堆積起來的課業任務讓他有點吃不消。他正在認真考慮，是留在哈佛，還是轉到其他能讓他集中精力而且受到約束的法律學校，或還有別的更好的選擇。和溫斯洛普一樣，他缺乏攻克困難的韌性，也沒耐心。他遇到困難時不會退縮，但會拖拉。他這個毛病似乎已經很嚴重了，但我想他正在努力克服，接下來他也將專注於學業，彌補之前浪費的時間。

　　洛克斐勒中心一切順利。昨晚，一場大型的藝術展在此舉行，這裡能夠為藝術展提供前所未有的超大空間：有長達6,000英尺的牆壁可以懸掛展覽的畫作。所有的藝術家都對此次展覽會抱有極高的熱情。許多因為里維拉壁畫事件退出的藝術家又回來了，只有8個人仍然堅持抗議，昨晚，他們圍住通往展覽會的入口，在寒冷的大街上遊行，高舉著沒有任何說服力的抗議標語，也沒產生什麼影響。

　　自從您回去之後，我們也沒去過鄉下。上週六我在威廉斯堡，這週日前我待在紐約。而且，許多路已被大雪阻塞，出行很不方便，因此，原地不動也許比較明智。我們很想念鄉下寧靜的生活，如果條件允許，我們打算這週五過去。

深愛您的
約翰

親愛的父親：

週二我從雷克塢回來後，您分別向辦公室和波坎蒂科山打電話問候，謝謝您的關心。麥迪森（Madison）先生轉資訊給您是在週三早晨，其實我週二就打這個電話給您了，但是當時太晚您沒接到，剛好麥迪森先生還沒走，他接了電話。

我來回坐的都是火車包廂，走賓夕法尼亞鐵路，途徑波因特普列森特（Point Pleasant），一路很輕鬆，也有時間處理一些工作。回來的感覺比去時好。昨天回到城裡，今天來到柏油村，在這裡寫這封信給您。

關於您上次來信詢問的事，我想說，建造一條通往紐約地下鐵路的可能性還在研究當中。自從我回來之後，還沒見到斯科特先生，還不了解談判進展情況，不過我會馬上詢問此事，然後向您匯報。從其他人那裡，我獲得了一些資訊，鐵路方面儘管承認有建造這條地下鐵路的必要，但他們並不是很支援這個專案，因為他們擔心，即使政府出資建造，但這筆資金負擔遲早會轉嫁給他們，而他們感覺這是他們所無法承擔得起的。這很可能就意味著專案難以實施。

深愛您的
約翰

波坎蒂科山莊
1934 年 11 月 30 日

親愛的父親：

上週四，我和艾比去了一趟波士頓，在那裡與大衛待了幾天，還去看了瑪麗（Mary）和勞倫斯[098]。我們與瑪麗和勞倫斯在他們劍橋的小屋裡吃了午餐，我們非常喜歡這座小屋。小屋的一樓是客廳、餐廳和廚房，2 樓有一間帶浴室的大臥室、一間小臥室和一個小房間。兩個年輕人把小屋裝飾的很有品味，大部分家具是艾比借給他們的，一部分是結婚時的禮物。他們請了一位傭人，每天中午來，收拾一下屋子，再幫他們做午餐和晚餐。她飯做得不錯，人也很好。早餐小倆口自己解決。在房子的右側有一個車庫，他們存放車用。看到勞倫斯和瑪麗生活的舒暢、簡單、愜意，我們由衷地感到高興。他們很幸福，看起來非常滿足。

大衛在劍橋和波士頓結交了很多朋友，年老、年少的都有。我們非常高興看到很多年長者都喜歡他，願意和他相處。反過來，他也尊重他們，珍視他們的友誼。因為他在很多人的家裡都受過熱情的款待，所以他希望我和艾比也能為他出面回請一下他的這些朋友。因此，我們在波士頓的這幾天舉行了兩次晚宴、一次午宴，答謝他的朋友，主要是一些年長的朋友。我們也去了他的大學宿舍，在校園餐廳與他和他的室友一起吃午餐。他們六個人住在一起，有三間房間，每間房兩個人，內

---

098　勞倫斯·斯佩爾曼·洛克斐勒與瑪麗·弗倫奇（Mary French）於 1934 年 8 月 15 日結婚。

有一個客廳和兩個獨立的臥室。三間客廳相通，因此，六個孩子就像一家人一樣住在一起。這些孩子都很優秀。有一個是猶太人，一個是德國人，一個是波士頓法官的兒子，一個是紐約的編輯理查·華生·戈爾德（Richard Watson Gelder）的孫子。他們都非常熱誠、認真、體貼、陽光、風趣，懂得享受，但都有明確的人生目標和抱負，追求學業進步和高尚的生活。大衛有幸與這些孩子生活在一起，很讓人放心。我們在那裡一直待到週日下午才回紐約，途中艾比在普羅維登斯停留去看望露西（Lucy）[099]，週一才回來。

我目前在忙孩子們信託基金的事[100]。關於基金總額我有些調整，因為我越想越覺得，對三個年齡小一點的孩子來說，把教導他們理財的責任交由一個委員會承擔，是十分不明智的，不管這個委員會是多麼的成功和有經驗。所以越想越覺得沒有理由把這個責任從自己手上轉交出去。因此，我準備為三個小一點的孩子，也包括幾個大孩子，建立信託基金，但帳戶的資金僅來自於孩子們日常零用錢，將這筆錢存起來以供未來使用，必要時我會投入一些資金到帳戶，當作對孩子們的獎勵。這個計畫的調整只影響三個小一點的孩子，艾比和其他孩子的信託基金方案還是照原計畫實行。因為您之前也一直關心這個

---

099 艾比到普羅維登斯看望她的妹妹露西·杜魯門·斯佩爾曼。

100 1934 年，小洛克斐勒為他的孩子和妻子安排了信託財產。最終 6 個帳戶的基金金額幾乎相同，但最開始時是不一樣的。他妻子的信託財產是 1,830 萬美元，女兒艾比、約翰三世和納爾遜分別是 1,200 萬美元，而勞倫斯、溫斯洛普和大衛分別是 5 萬美元。1935 年，勞倫斯、溫斯洛普和大衛的信託財產分別增至約 1,600 萬美元。

事情,所以我想讓您知道當前的進展情況。

納爾遜一週前就走了,今晚他要陪同他的舅舅溫斯洛普‧歐德利奇(Winthrop Alderich)和大通銀行的官員前往西部和南部,進行為期一個月的考察,旨在拓展大通銀行的業務網路,擴大銀行的影響。納爾遜以祕書和行程經理的身分隨行。他非常高興能參加此次考察,並告訴我們這是一次非凡的經歷。我相信他定會從這次旅行中受益無窮,激勵他不斷進步。

洛克斐勒中心一切順利。電梯工人的罷工事件已經醞釀幾個月了,目的是想擴大工會的影響力,這次罷工給紐約的所有高樓業主造成了極大的困擾。不過,雙方最近已經達成了和解,效果顯著,相信最近幾個月的麻煩很快就會結束。

本週三晚上,我和艾比到了波坎蒂科山,我們會一直待到下週一。我在電報上告訴您了,昨天是感恩節,5 個孩子回來和我們一起吃午餐。今早收到您貼心的電報,我們無比感動。怎樣才能表達我們對您的感恩呢?

這裡的氣溫很高,有華氏 60 度(大約 16℃,11 月這樣的氣溫算是很高了 —— 譯者注)。昨天和今天,天氣都有些潮溼、沉悶、多霧,但綠草如茵,波坎蒂科山看起來更加秀麗。

由於我們拆掉了很多老房子,並對存留的那些進行了修葺,現在已經完工,因此,已不需要那麼多工人。經過認真考慮,覺得應該解僱一些,並留用一些當作臨時工,也該讓老納爾遜(Nelson)帶著一筆養老金退休。這些調整都經過了深入思考、周密安排,表現得友好、人性而又有策略。結果,即便

是被解僱的人，也覺得我們公正而慷慨，可敬的老納爾遜先生和他的妻子，也對我們的周到體貼表達深深的感激。這次調整的另一個附帶結果是，留下來的人意識到他們的職位並不是終身制的，是否能夠保留這份工作，取決於他們當前的表現。

德比沃伊斯先生最近感染了幾次感冒，身體吃不消了。我希望忙完年初這一段時間後，他能好好休息，調理一下。他去年的老毛病沒有再犯，整體而言，他現在的身體比去年這個時候好多了。敦布爾（Turnbull）先生身體很好。辦公室裡的一切順利。

洛克斐勒基金會和普通教育委員會將於 12 月 11 日、12 日、13 日在威廉斯堡召開會議。我和艾比計劃下週去那裡，比委員會成員提前幾天到。

我非常想念您，經常想起去年秋天每天去看望您，這對我來說異常珍貴。知道您身體狀態良好，在奧蒙德生活如此舒心，我們由衷的高興。

深愛您的
約翰

佛羅里達奧蒙德海灘
1934 年 12 月 5 日

親愛的兒子：

11 月 30 日的來信剛剛收悉，謝謝你的關心和惦念。

我完全贊同你在孩子們信託基金計畫上的調整。你知道，這個應該由你決定，而不是由我決定。在如此重大的問題上，局外人的風言風語並不能影響我們的決定。

我們這裡一切安好。我的身體正在逐漸恢復，感謝上帝。所有與我們利益相關的事情，請隨時告訴我，我非常感激你一直與我保持資訊共用。

為了迎接你的到來，給你一個驚喜，我們正在日夜做準備，我們已經迫不及待。

深愛你的<br>父親

親愛的父親：

親愛的父親：

前不久，金先生寄給我一張影印文件，是 1864 年 9 月您在蒙特利爾聖勞倫斯賓館入住的登記表，上面有您的簽名。金先生在他的信中對我說，「我想當時您的父親和您的母親正在蜜月旅行中。賓館的檔案管理員發現了這個簽名，知道我會感興趣，就影印了一份寄給我，並希望我把這份簽名影印文件再轉寄給您。」

對我來說，這是一份令人興奮的資料。您簽名的筆跡和現在的差不多，只是稍小些。我猜想，把妻子登記為「女士」是當時的習慣。在您看完這份影印文件後，是否能寄回給我，以便把它與其他資料一起存檔，當作您的傳記內容。

金先生還向您表達了節日的祝福。最近幾年金先生身體欠佳，一直深受關節炎的困擾。去年晚秋時節，他到國外待了幾個月，好好休養了一下。他現在身體好多了。

深愛您的
約翰

1935 年 5 月 14 日

親愛的父親：

這是我們到家之前寫給您的最後一封信了，因為我們準備在 5 月 22 日從布萊梅（Bermen）起程返航，預計在下週一，也就是 27 日到達紐約。巴黎越來越漂亮了，過去幾天的天氣很溫暖，雖然整體而言還是很涼。七葉樹的花含苞怒放，各種開花的植物嬌豔欲滴。巴黎的鄉間風光旖旎，規劃得井井有條。駕車出城可以欣賞綿延數英里的鄉路兩旁花團錦簇的果樹。我們還在和馬蒂爾德（Mathilde）[101] 商量她來這裡的事情，已經打過 3 次電話給她了。這個可憐的孩子患了風溼病，手上腫了一大塊。這就是她推遲過來的原因。在我們離開這裡之前，她是否能來還不確定。

前幾天，艾比收到一封貝西·德藍蒙（Bessie Drummond）的信。她現在與道林夫人和德藍蒙（Drummond）夫人在倫敦慶祝她 50 歲的生日，希望我們也能過去。露西這週四到倫敦，我們原想也過去看望她的，但目前已經決定不去了。

約翰寫信告訴我，我離開紐約時未處理完的一些事已經處理得差不多了。身為哥倫比亞大學歷史學家的那位內文斯教授已經同意撰寫您的生平[102]。巴特勒（Butler）校長認為他是美國

---

101 馬蒂爾德是伊蒂絲·洛克斐勒·麥考米克的女兒。

102 艾倫·內文斯撰寫了 2 部約翰·戴維森·洛克斐勒的傳記《約翰·戴維森·洛克斐勒：美國企業的輝煌時代》（紐約，1940)和《約翰·戴維森·洛克斐勒，一個實業家和慈善家》（紐約，1953)。

現今最優秀的歷史學家和作家。在我離開紐約之前，我和內文斯教授長談了一次，之後約翰也與他商談了多次。我們都認為他會寫出很棒的作品，而且也非常高興這件事終於有了眉目。

　　我一直在考慮的另一個頭痛的問題是，如何選出一位西蒙‧弗萊克斯納的繼任者，接替洛克斐勒醫學院的院長之職。我已經認真考慮這個問題好幾個月了。現在看來衛波（Whipple）博士很合適。衛波博士目前是洛契斯特醫學院的院長，該醫學院是伊士曼（Eastman）先生創建的，我們委員會也曾向該院捐過幾百萬美元。在這家醫學院，他表現出傑出的管理才能。近些年來，他一直是洛克斐勒基金會的理事。他舉止穩重、為人謙和，話也不多，但他在國內外科學界卻享有很高的聲望。衛波是否會接受這一邀請尚未得知。才提到的這兩件事目前還是保密為好。

　　我去過巴黎新建的美國教堂 2 次了。記得許多年前，我們還是孩子的時候，您和媽媽帶我們到巴黎，去了當時的美國教堂。那時，美國教堂還在河畔的一條小街上。現在的新教堂在這條河的對岸，緊鄰一大片教區，建得很時髦，設施很完備。這座教堂是在大蕭條之前建的，耗資大概在 800,000 美元左右。雖然建設教堂的資金已全部償清，但由於貨幣貶值，新教堂的營運支出仍是一個沉重的負擔。亞瑟‧柯帝士‧詹姆斯（Arthur Curtiss James）對新教堂的建設十分感興趣，我們與他一道慷慨捐資 [103]。

---

103　小洛克斐勒為巴黎的美國教堂建設捐資 204,000 美元。

令我們驚喜和愉悅的是，在羅馬和拿坡里，人們在街上開車從不按喇叭，街道十分安靜。巴黎也在實行這一交通規則，而且獲得了明顯的效果。即使是在白天，按喇叭的現象也比以前少多了。最近，我一直在與我認識的市長祕書拉瓜迪亞（LaGuardia）通信，請他重視這個問題，並希望紐約也可以仿效。根據歐洲這些城市的經驗，按喇叭與交通安全沒有直接關係。

您很可能已經知道，雷蒙德 · B · 福斯迪克先生已經從中國回來了，並和羅傑 · 格林先生一起，按計畫完成了那裡的工作。我相信，儘管他發現那裡的情況很複雜，但他能夠老練機智地處理。幾天前，我和艾比和帕馬利的妹妹瑪麗 · 波特（Mary Porter）及她的女兒一起吃了晚餐。想必您還記得，她與芝加哥 H · H · 波特（H. H. Porter）先生的兒子結了婚。好了，不多寫了，期待不久之後見到您，再和您聊聊我們離開家之後發生的種種事情。我不能肯定，當這封信到達的時候，您是在雷克塢還是奧蒙德，但我還是準備把這封信寄往奧蒙德。

深愛您的
約翰

親愛的父親：

　　許多個生日都能陪您一起過，這是我們的殊榮。但最開心的還是剛剛過去的您 96 歲的生日。在雷克塢度過的這幾日快樂又輕鬆，艾比和我享受著其中的每時每刻，回來後神清氣爽，結果，身體得到更大的改善。

　　您不知道，看到您如此健康、如此矍鑠，而且如此一如既往地慈愛，我們有多高興。我們對您、對您為我們及這個世界所做的一切心存感激。與您共度的時光對我們來說彌足珍貴，我們享受著這樣的時刻，並盡可能從中汲取養分。

　　巴布斯和大衛、約翰和布蘭切特昨晚和我們一起吃晚餐。巴布斯和大衛這週末要去百慕達待幾天。他們正考慮在那裡買塊地，建座小屋，用來度假，孩子們放假也可以去。約翰和布蘭切特明天去緬因州，和我們在那裡住幾週。昨天收到了納爾遜和勞倫斯的信，說他們的海洋之旅寧靜悠閒，並已平安到達。

　　這幾天辦公室很忙，但我都處理得差不多了。今晚我們將住在波士頓的麗思卡爾頓酒店 (Ritz-Carlton)，明天和週六開車去緬因州，週六晚上到達海豹港。

　　正在為您寫傳記的內文斯教授昨天和我一起吃午餐，我們聊得非常愉快。教授發現自己越來越對這項工作感興趣了，他

說這是他所從事過最有意義的事情之一。或許，八月分的時候，我能去陪您住 1 ～ 2 個晚上，您也許願意讓我帶教授一起去，這樣他就可以目睹您的風采，對您的外貌有個直觀印象。

您生日時照的那些相片非常好。前幾天早上，洛克斐勒中心的經理陶德（Todd）先生來我辦公室，我給他看了這些照片。他非常喜歡，說他要是能擁有一張這樣的照片，會感到非常榮幸。於是，我送給了他一張照片，且說您也會感到高興的。之後，卡特勒先生和德比沃伊斯先生也提出想要您的照片，於是，我代表您送給了他們。看到這些照片很開心。我自己也留了 2 張。

深愛您的
約翰

紐澤西州雷克塢
1935 年 7 月 12 日

親愛的兒子：

剛剛收到你 11 日的來信，我們大家都非常開心。我完全贊同你提議的和歷史學家見面的事情。我們盼望著那個時刻。你們上次到來讓我感到無窮的快樂。我愛你、艾比和所有的孩子們。

愛你的
父親

親愛的父親：

　　週末在您那裡過得非常休閒輕鬆，現在回到緬因州，滿腦子還是您的形象和我們交談的各種畫面。內文斯教授的來訪非常成功，我和他都有此感。見到生活中的您，對他來說是一個莫大的鼓舞，這樣更有利於他對您傳記的創作。

　　近 10 天非常忙，但總體來說很充實。大部分工作都完成了，回緬因州的時候，我覺得很放鬆，心裡想著，接下來的幾週可以好好休息一下了。納爾遜和瑪麗和我們一起回來。大衛、勞倫斯和他的妻子也會來。我們去看望了溫斯洛普，開心極了。明天他將去聖路易參加一個婚禮，然後回德克薩斯。

　　今早，波坎蒂科山一片生機盎然，綠草茵茵，萬木蔥蘢，晴空萬里，我簡直捨不得離開。我們今晚出發，明日一早就到海豹港。

　　昨天，我與赫伯特·S·賈瑟（Herbert S. Gasser）博士[104]交談了幾個小時，他將接替弗萊克斯納先生，擔任洛克斐勒醫學院的院長。我對他很滿意，相信他可以勝任這個職位。

　　10 月分的第一週我會在紐約，因為有幾個約好的會談，希望在那段時間可以見到您。

　　謝謝您帶給我的愉快週末和無盡的父愛。

*深愛您的約翰*

---

104　赫伯特·S·賈瑟在 1944 年獲得「諾貝爾生理學醫學獎」。在 1935 年到 1953 年期間擔任洛克斐勒醫學院的院長。

5600 號房間
紐約洛克斐勒廣場 30 號
1935 年 10 月 28 日

親愛的父親：

　　昨晚，我搭乘夜車從威廉斯堡回來，就是為了參加洛克斐勒基金會的特別委員會大會，這次會議旨在討論傑羅姆·格林的指控以及處理梅森（Mason）先生辭職的事情。今早，委員會將開碰頭會，準備下午見格林先生，我晚餐時出席。雖然我不太想從威廉斯堡趕回來，但這些事情都很重要。我相信現在委員會能夠非常圓滿地處理這些事情。

　　我和艾比，還有勞倫斯和瑪麗，是上週五晚上到達威廉斯堡的。巴布斯和大衛和納爾遜是週六上午到的，溫斯洛普·歐德利奇和他的妻子是週六下午到的。這 2 天我們過得開心極了，真的是一次愉悅的家庭聚會。巴布斯、勞倫斯和瑪麗已經和我一起返回。納爾遜今天上午離開，哈利葉特（Harriet）和溫斯洛普今天下午離開。我今晚坐火車回去，明天到，然後和艾比在那邊住到週末。對於我們在威廉斯堡所做的努力，我越來越感到值得，也越來越相信，我們在這裡所做的一切是完全正確的，這有利於提升人們對這個國家創建者們的尊敬與崇拜。當我們參觀那座最近才恢復的威廉斯堡監獄時，我們看到了一些為債務人準備的牢房。我不禁感嘆時代在變化。在建國初期，欠債不僅被視為是一種有損聲譽的事，而且也是一種違法行為，那些欠債不還的人是要進監獄的。而今天，隨著所謂

文明的進步，那些企業的總裁們為我們樹立了一個榜樣，諾言的神聖性被弱化，逃脫債務也有了正當理由。多麼可悲啊！

您 10 月 21 日的來信以及 24 日的電報都收到了。我希望奧蒙德的天氣能涼爽些，這樣您就能夠多出去走動。昨晚來自里奇蒙火車上的服務人員告訴我說他在您去奧蒙德的火車上見過您，並很興奮地和我聊起您。

深愛您的
約翰

5600 號房間
紐約洛克斐勒廣場 30 號
1935 年 11 月 7 日

親愛的父親：

謝謝您 31 日和 6 日的電報。我們度過了 10 天愉快的假期，只是在最後幾天，天氣潮溼多雨。但是，在威廉斯堡有太多有趣的事，即使天氣糟糕也無法改變我們的心情。上個週六，威廉斯堡大學舉行了一年一度的校友返校日。列隊遊行的花車代表著不同的歷史畫面，在校男女大學生也都加入了遊行隊伍。在遊行隊伍中，有一輛革命時期的老式 4 輪馬車，是我們買的。它根據過去的樣子裝飾，由一位黑人馬車夫駕馭，後面還站著一位腳夫。兩個人都穿著和當年一模一樣的藍色制服，及膝短褲，帶扣的鞋子，還有三角帽（Tricorne）。車窗開著，車裡坐著 4 位美女，都穿著那個時代的服飾。我多麼希望您能親眼目睹這一幅美麗的畫面。

上週一晚上，我在家設宴招待了洛克斐勒基金會特別委員會的成員，討論了格林先生指控我們辦公室控制基金會的事情。律師約翰·W·戴維斯（John W. Davis）先生是這個特別委員會的主席。達特茅斯學院（Dartmouth）的霍布金斯（Hopkins）院長、洛克斐勒醫學院的衛波博士是委員會成員，德比沃伊斯先生當時也在場。白天的時候，格林先生已經向委員會呈交了一份備忘錄，提出了他的觀點，而且還就備忘錄與委員會進行了數小時的討論。戴維斯先生告訴我們，在委員會與他

逐條討論備忘錄內容，明確他的想法時，有意思的是，格林先生的立場卻越來越不堅定，並越來越傾向於委員會的觀點。這次向委員會提案的事件為格林先生提供了一個自我剖析的機會，而結果與他本人所希望的大相徑庭。委員會並不贊同格林先生提出的建議，也將在最終報告中委婉但明確地表明這一結果。格林先生認為我們辦公室與基金會之間的連結是有害無益的，但委員會則認為這種連結的存在不僅合理，而且對基金會也是必須的。因此，我覺得，在處理格林先生提案上花費大量的時間和精力，最終證明還是完全值得的。

　　由誰接替梅森博士擔任基金會主席以及阿內特先生卸任普通教育委員會主席，這些事情現在都在認真的討論中。昨天，我與 2 個機構提名委員會的成員共進午餐。格林先生是普通教育委員會提名委員會的主席。我們進行了非常友好而融洽的討論。委員會認為，由同一個人同時擔任兩家機構的主席，對雙方最有利，而且雷蒙德 · B · 福斯迪克先生是不二的人選。雖然現在說有點為時過早，但我認為在 12 月的大會上，兩家機構的提名委員會將推舉福斯迪克先生上任。這和我一直以來的想法一致。如果福斯迪克先生願意接受這一職位，我想他應該能夠接受，那就再好不過了。所以，您看，這些棘手難題我們在一個一個解決，而且似乎不需要血雨腥風，就能達到共識 ── 我對此心存感激。

　　昨晚，我和艾比、布魯門塔爾（Blumenthal）先生，以及法國大使及其夫人一起共進晚餐。大約有 30 人出席了晚宴，

氣氛令人愉悅。

　　在我從雷克塢回來後的那一週，克利夫蘭的沃克（Walk-er）博士多次與我較全面地討論了克利夫蘭教會問題。本來我想請辦公室的帕卡德（Packard）先生來研究目前教會存在的問題，但經過與沃克先生的討論後，我們決定請一位道格拉斯（Douglass）博士代勞，因為這位曾寫過一些關於城市教會問題的文章，沃克先生認為不錯。我同意花錢聘請，並希望早點開展這項工作。對此沃克先生非常高興，我也收到了克利夫蘭教會理事會發來的信，表達了他們的感激之情。我原希望沃克先生會推遲去加利福尼亞的訪問，等待關於教會問題的報告結果以及進一步應對措施出來，但他沒有那麼做。然而，令我遺憾的是，我最近收到了他的來信 —— 我想您也收到了 —— 說他已經辭職了，今年年底正式生效。我覺得，克利夫蘭教會應該依靠自己的能力進行改革，是它未來生存和發展的關鍵。我真誠希望，道格拉斯博士的研究將會找到改革的依據，並應用於這個教會。請您放心，這件事我會全面認真考慮，並密切關注它的進展。

深愛您的
約翰

5600 號房間
紐約洛克斐勒廣場 30 號
1935 年 11 月 29 日

親愛的父親：

　　您最近很可能已經在報紙上看到我不再繼續捐助北美浸禮會的消息 [105]，而這項捐助我們已經進行了許多年。我認真思考和調查了 5 年，才做出這個決定。這是因為我懷疑我們捐獻給國內外傳教活動的經費，是否有得到有效使用，於是我開始對 1～2 年前開展的海外傳教活動進行了研究。我發現巴拉德（Ballard）先生、福斯迪克先生，以及其他一些人都和我一樣對其中許多傳教活動的效率和價值表示懷疑。他們也和我一樣希望透過調查了解內情。您知道，調查團的報告證實了我們的擔憂，而且指出，如果採取合作的方式，就可以投入相當少的資金達到相當好的傳教活動效果。

　　我希望浸禮會傳教協會重視這份報告提出的建議，且能夠遵照執行。其他一些教派都這樣做了，但浸禮會傳教協會卻不想面對。我耐心和他們溝通，希望得到他們對新計畫的支持，在充分表達了我的想法之後，我覺得我只能停止北美浸禮會的捐贈，我只好直接捐贈那些能夠證明自己是有活力和效果的基督教團體 —— 無論是浸禮會還是其他教派，無論是跨派系還是不跨派系。

---

105　1932 年秋，調查團的報告「重新審視海外傳教活動」發表。調查團耗時一年，在中國、日本及印度調查了美國海外傳教活動，小洛克斐勒向調查團捐助了部分資金。

　　最近被發表的我的一封信是去年 3 月分寫的。出版社不知從何得知有這封信的存在，而且借題發揮，斷章取義地發表了一篇文章，所以我們只好提供這封信，既然北美浸禮會不想那麼做。最終他們也同意那樣做了。您可能已經在報紙上看到了這封信的內容，但我還是準備寄一份給您，這樣您就可以在方便的時候仔細看了。我相信您知道我採取的這些措施都是經過顧問團充分討論的，而且，許多年來，我們一直耐心友善地等待這些浸禮會傳教協會成為更現代、更有效率的傳教團。希望您不會反對。

深愛您的
約翰

佛羅里達奧蒙德海灘
1935 年 12 月 5 日

親愛的兒子：

　　11 月 29 日的來信及隨信所附的那封信件副本收到。正如信中所言，我沒有追查那個問題，對於那個問題帶給你的麻煩，我感到非常遺憾。我毫不懷疑你是經過深思熟慮才採取的行動，希望一切順利。

深愛你的
父親

親愛的父親：

　　您一定想知道，去年一年森林山房地產開發情況很不錯[106]。公寓樓房裡的所有房間都租出去了，除了已住人的一間公寓和房屋外。其中有一些樓層賣了，大多數是出租，但有幾間商店是閒置的。在房屋租金問題上，我們已經提高了租金，並希望明年租約到期時，能夠再次提高租金。

　　這種形勢的好轉，讓我們做出了一些決定：鑑於 1933 年我的房地產小組申請的淨預算是 235,000 美元，今年是 127,000 美元，則該小組準備申請下一年的淨預算是 81,000 美元。總預算是 215,000 美元，也就是說預計收入就是 134,000 美元。房地產小組對未來的情況非常樂觀，相信 1936 年市場形勢會大好。很開心能與您分享這個好消息。

深愛您的
約翰

---

106 森林山地產分成兩部分。一部分作為當地社區的公園，另一部分被小洛克斐勒開發為住宅、公寓、辦公室和商店，但從未盈利。

5600 號房間<br>
紐約洛克斐勒廣場 30 號<br>
1935 年 12 月 7 日

親愛的父親：

　　最近您也許已經在報紙上看到我正在運作開發公寓專案的消息。這處地產就在我現在 54 街上房子的對面，一直延伸到 55 街。隨信附上的剪報上有一些有趣的報導。

　　這只是我們這個研究已久的專案的第一步，我們想要最終把西 54 街 4 號和 5 號之間，以及附近的土地開發為公寓樓房。如果這些公寓樓房獲得成功，我們將繼續在我們擁有的臨近地塊上開發房地產。這個設想受到了大眾的歡迎，而且建房的公告也為我們做了廣告。

　　或許您也注意到了，自從大蕭條以來，幾乎沒建什麼公寓樓房。因此，我們很清楚，現實存在著對公寓越來越強烈的需求。我們正在建的兩棟樓房，一個在 54 街，一個在 55 街，前面都面對著花園，後面也都有花園。兩棟樓房要建成 10 層或 12 層高，設施先進便捷，簡約而不奢華。主要不是為家庭設計，而是為許多單身、或與丈夫、或與妻子、或與一個朋友居住，但又不想為家務所累的人士所設計的。

　　再見您的時候，我會詳盡地向您匯報這個專案的情況。

深愛您的<br>
約翰

親愛的父親：

　　我們正在盡力清理波坎蒂科山莊車庫和馬廄下面的地下室，以便騰出足夠的空間，這樣我們就可以停用那座橘屋，把需要儲存在這座房子裡的樹木儲存到地下室裡。地下室是主建築的一部分，有必要的暖氣相關設備。在清理地下室時，我發現了您的三輛車 —— 兩輛觀光車，一輛大轎車 —— 這些車輛已經好幾年沒開了，我想永遠也開不了。您願意把這些車輛交給我處理嗎？[107]

深愛您的
約翰

---

107　老洛克斐勒先生同意處理掉這些車輛。

253

5600 號房間
紐約洛克斐勒廣場 30 號
1935 年 12 月 13 日

親愛的父親：

　　您一定有興趣知道，弗利克美術收藏館（the Frick Collection）在本週三舉行了開館儀式，而且獲得巨大成功。發給 1,800 人邀請，約有一半的人前來參加。大家對在原主人家中展出之美輪美奐的美術作品讚不絕口。從下週一開始，美術收藏館將對民眾開放。看到美術收藏館獲得如此成功的效果，我感到非常安慰，我們過去三四年的努力沒有白費。我相信弗利克先生得知美術收藏館獲得的效果以及民眾的讚響後，也會非常欣慰的。

　　我們剛剛開過幾次基金會和普通教育委員會的會議。梅森博士卸任基金會主席的決議已經通過，福斯迪克先生被推選為洛克斐勒基金會和普通教育委員會兩個機構的主席，明年 7 月開始上任。針對格林先生提出的若干問題而進行調查的特別委員會，一致認為現行的管理制度和組織機構沒問題，建議只做少許改動。該報告的決議將推遲到下次會議開始生效，同時報告的副本將抄送給理事會成員。格林先生似乎很開心，也很滿意。福斯迪克先生負責兩個機構的事務，對機構本身和身為代表您的我來說，都意義非凡。我認為再沒有人比福斯迪克先生更了解兩家機構的宗旨，也沒有人比他更容易溝通、合作，更沒有人比他還睿智以及深受歡迎。這是一個令人滿意的結果。

當然，福斯迪克先生將終止我們辦公室的工作，但從某種意義上來說，他只是全職轉向了基金會的工作，而之前他也是一直在這項事業上投入了大部分精力。

上週我去洛克斐勒醫學院做了例行體檢。今早，我得到了體檢結果，心臟完全正常。有一段時間我貧血，所以常吃肝臟補血 —— 實際上這種情況已經有幾年了，直到去年春天才停。剛剛做過的血檢顯示血液指標也完全正常，已經沒有貧血症狀，儘管過去的 6 個月裡我沒有吃過肝臟。這基本上說明，我現在的身體狀況比過去好多了。或許這也說明了我應該承擔更多的工作而不是更少。不管怎麼說，這都是令人欣慰的事。艾比的身體好多了，感冒也好了，只是還有點體虛，不怎麼出門。

期待下週末見您。

深愛您的
約翰

佛羅里達奧蒙德海灘
1935 年 12 月 16 日

親愛的兒子：

收到你 13 日的來信非常開心。讓我們享受那種虔誠的感恩情誼。我們熱切地盼望著你的到來。我們這裡一切都好，祝福你們。

深愛你的
父親

佛羅里達奧蒙德海灘
1936 年 1 月 2 日

親愛的兒子：

12 月 30 日的來信收悉，非常開心也很受益。凱斯門特花園的每個人都很歡迎你的到來，也都很遺憾你的離開，而且我們對大衛也都有這種感覺。他對所有人都很友善，我們很遺憾他也馬上要離開。這裡一切安好，我們很注重飲食、休息。只要稍加注意這些，我們就能收穫無比珍貴的健康。我們能夠透過電報以及各種方式保持緊密聯繫，真的很令人欣慰。

深愛你的
父親

親愛的父親：

　　幾天前，我寫信給您的時候，忘了對您 1 月 2 日的體貼來信表示感謝。您在那封信中高度表揚了大衛，還說我們的到來讓您非常幸福。大衛喜歡和您在一起，喜歡和您聊天，如果他能帶給您快樂並幫助您做些什麼，他會更高興的。

　　您應該記得我曾經和您談論過那位年輕的普林斯頓講師，他是約翰・阿奇波德（John Archbold）的朋友，正在撰寫約翰的祖父阿奇波德先生的傳記。我告訴過您，就此事我曾與安妮・阿奇波德（Anne Archbold）通過信。她非常希望這部傳記能夠寫的真實準確，所以很渴望在這方面能夠得到我們給予的幫助。於是，我請英格里斯先生讀了奧斯丁・利斯・摩爾（Austin Leith Moore）先生的手稿。

　　在奧蒙德的時候，我曾經為您讀了英格里斯先生關於閱讀那部書稿的筆記，其中指出一個事實 —— 總體來說，摩爾先生似乎與塔貝爾持有的觀點相同，關於您的一些經歷，不是杜撰，就是不值得在傳記裡記載。[108]

---

108　英格里斯曾寫道，他和摩爾很早就開始了對老洛克斐勒職業生涯的研究，這一點在英格里斯 1917 年至 1936 年間累積的資料中有所記載。英格里斯記錄摩爾先生曾說，「我從一開始便受到誤導；洛克斐勒先生想穩定一個瘋狂的產業，不僅僅是為了保護自己，而且也是為了所有人的共同利益。我書中那一部分必須重寫。」
　　英格里斯接著提到，摩爾先生同意刪除「駭人聽聞的情節、牽強附會的故事及類似的錯誤。」最後英格里斯說道，「我相信他是真誠的。我喜歡他這一點。」

　　就在離開紐約之前，應我的邀請，英格里斯先生和您的傳記作者內文斯先生以及他的助手，和我一起吃了午餐，席間聊得很愉快。自那次午餐之後，英格里斯先生多次與摩爾先生會面，詳細討論關於阿奇波德先生的手稿，而且還剛寫過一封信給我，這裡隨函附上一份副本。我相信您會非常有興趣讀這封信的。所有這些都有助於您的傳記撰寫，因為您知道，身為哥倫比亞大學的歷史學首席教授，他不得不參照摩爾先生所寫的阿奇波德先生的傳記[109]。我對整個事件的發展非常滿意，我相信您也會的。

深愛您的
約翰

---

[109] 約翰‧D‧阿奇波德的傳記於 1948 年由哥倫比亞大學出版社出版。奧斯丁‧利斯‧摩爾的《約翰‧D‧阿奇波德及標準石油公司的早期發展》（*John D. Archbold and the Early Development of the Standard Oil Company*）。

親愛的父親：

　　您 25 日的來信剛剛收到。謝謝您關心下個月我們要為布蘭切特和瑪麗舉辦音樂會的事。發邀請函給您，是因為我們想讓您知道，我們多希望在那個時刻有您和我們在一起，還因為我們知道您會對這個活動感興趣。我們想藉此機會把兩個兒媳介紹給我們的朋友們，就像四五年前我們為納爾遜妻子舉辦的音樂會一樣。我們準備邀請大約 500 人，但估計來賓不會超過 200 人。

　　隨信附上哈特維爾（Hartwell）博士的一封信，我相信您會感興趣的。哈特維爾博士是紐約著名的外科醫生，他為洛克斐勒醫學院做過大量的工作，而且一直在關心著洛克斐勒醫學院的發展。

　　我把好幾箱舊信件順便帶到了波士頓，這些信我一直在讀。從中我發現了一件珍寶，是魯特姨媽留給我的一封未拆開的信，信封裡還附有 11 封您在 1868 年到 1872 年間寫給媽媽的信。信中講述了許多生意上的事，您的計畫和目標，以及您所見的一些人。這對撰寫您的傳記來說是無比珍貴的資料，因為它們表明了您合併公司的目的，也證明了您所做的一切是正確和公平的。這些信件也展現了您對媽媽和孩子們的愛。我已經請人影印了這些信件，以便原件能夠好好地保存。我會帶著這些影本去奧蒙德，讀給您聽。我相信您會發現它們很有意思的。

　　我偶然間也發現了 3 封奶奶給我的信，其中一封是奶奶親筆所寫。這些信同樣有意思，也彌足珍貴。

　　我們這裡一切順利，只是不能像原計劃那樣週六回紐約，好像要在這裡多待一週。

深愛您的<br>約翰

佛羅里達奧蒙德海灘<br>1936 年 1 月 27 日

親愛的兒子：

　　謝謝你 27 日的來信，隨函附上的舊信件讓我感到極大的樂趣和莫大的安慰。我這裡一切安好。很高興你出於健康考慮而推遲歸期，希望一切如願。

　　我愛你們每一個人。

深愛你的<br>父親

親愛的父親：

　　為布蘭切特和勞倫斯的妻子瑪麗舉行的音樂會相當成功。來賓有 225 人。當今最紅的歌劇演員之一莉莉・龐絲（Lily Pons）以她甜美的聲音和魅力的個性，近乎完美地為音樂會引吭高歌，年輕的法國大提琴演奏家毫不遜色的演奏為音樂會推波助瀾。艾比和兩個女孩子穿上為她們參加音樂會而定製的新禮服，顯得漂亮可愛，即使沒有音樂會，她們也是一道值得觀賞的亮麗風景。約翰和勞倫斯負責招呼客人，並引導他們就坐。客人們也表現得彬彬有禮、非常配合。音樂會後，許多客人或口頭、或書信表示：那晚相當開心，那麼多人相聚非常高興，三位女主角很有魅力，接待非常熱情，再者，音樂會精采絕倫。

　　巴布斯和大衛及孩子們特別願意和您待在一起，儘管回來的前一天很冷，有人感冒了。謝謝您和伊文斯夫人的招待。我很高興，雷蒙德・福斯迪克先生去您那裡了。從一開始我就確信，沒有什麼別的地方能比您這裡讓他得到更多的休息和身心的恢復，從他寫給我的信中看出，情況確實如此。

　　這裡的天氣還是那麼冷。一切順利，偶爾會有一些小插曲。弗利克美術收藏館營運得很成功，但由於我們主導收藏館的營運，從而引發了一些摩擦，產生一些麻煩，導致館長身心疲憊，遞了辭職信。他現在正在休假，為期 3 個月，我希望在

他回來之前，理事會能採取切實措施，防止再產生令他耗費心力的摩擦，這樣我們才能說服他撤回辭呈。

謝謝您 10 日發來的電報。儘管天氣寒冷，您身體如常，我們非常欣慰。順便告訴您，阿爾塔也參加了我們的音樂會，還帶來了黛拉 (Della)，但帕馬利沒有來。

關於尤克利德大街浸禮會教堂情況的報告已經收到了。理事會將盡快拿出方案。下次再見到您時，我會詳細向您匯報理事會的決定。現在臨時布道的牧師就是上次沃克博士在加利福尼亞聽過布道的那個人，他是一位優秀的人才，很有感召力。可惜他已經 65 歲了，不可能再做很長時間的牧師。

深愛您的
約翰

親愛的兒子：

　　你 20 日的來信剛剛收到，寫得太好了，謝謝你。我這裡一切安好，我們數著日子，期盼著你和艾比的到來。你們要照顧好自己。[110]

深愛你的
父親

---

110　約翰‧戴維森‧洛克斐勒於 1937 年 5 月 23 日在佛羅里達的家中去世。5 週之前，他還寫信給小洛克斐勒，詢問為女兒阿爾塔‧洛克斐勒‧普倫提斯的兒子婚禮選禮物的事。在徵求小洛克斐勒的意見後，他決定為外孫設立信託基金會。這封信寫於 1937 年 4 月 13 日，仍然是一如既往地稱呼「親愛的兒子」，仍然是那樣的結尾，「我們一切安好，祝福你、艾比和其他所有的人。深愛你的，父親。」

書信

# 後記：富可敵國之財，積德累善之舉

從 1907 年到 1937 年，老洛克斐勒最小的女兒伊蒂絲·洛克斐勒·麥考米克編纂整理了父親生平相關的公開出版文章，約有 200 卷，每卷 200 頁，現收藏在洛克斐勒檔案中心。這些文章主要來自報紙、期刊和社論漫畫，讚揚和批評的都有，疊雜在一起，可謂數量龐大。最後三卷有所不同，因為是在洛克斐勒去世後編輯的，幾乎無一例外，全世界都在稱頌洛克斐勒為慈善家、傑出企業的創造者，以及洛克斐勒基金會、普通教育委員會、洛克斐勒醫學研究院和芝加哥大學的奠基人。這三卷的內容主要描述老洛克斐勒饋贈給兒子的公共遺產 —— 與 50 年間父子倆通信轉贈的私產一樣具有重大意義。

這些信件有五個鮮明的主題。家人間那種親密無間的彼此尊重和關愛；兒子在成長過程中父親給予的諄諄教導和呵護；兒子接受父親思想並願意以父親為榜樣；當家庭資產在 1912 年達到 9.9 億美元時，以及重任不斷轉移到自己肩頭時兒子的責任意識；最後一個就是，對慈愛上帝的無限忠誠。

1895 年，老洛克斐勒寫道，「我們非常高興，你從自身經歷中，懂得個人的好運是與樂善好施分不開的。但我這不是說教，只能算是一位深情的父親，對他無比摯愛且唯一的兒子，在他 21 歲生日時說的一句良言。」隨信附上一張 21 美元的支票作為生日禮物。

到 1922 年為止，老洛克斐勒已經轉贈給小洛克斐勒 4.65
億美元之多。較大的饋贈主要發生在 1916 年到 1922 年之間。
在這些資產轉贈過程中，老洛克斐勒曾在信中寫道，「感謝上
蒼，讓我可以卸下重擔，實際上，我已感到無限恩澤，我有一
個可以信任的兒子去承擔那特殊而又重大的使命。謹慎行事，
沉穩堅定。相信你有正確選擇 —— 不要畏懼給予，因為你的
心在引導你，上帝在激勵你。」

兒子對於父親的諄諄教導和鼓勵，表現出極大的謙卑。
「願上帝賜予我力量來追隨您的腳步，擁有和您一樣的美麗心
靈、慷慨胸懷和您受用一生的聰明才智。」父子間的私人情感
在他們關於資產管理的理念中，得以淋漓盡致的表達。

在父子間的通信中，也反應出這種關係的其他側面。洛克
斐勒醫學研究院、普通教育委員會以及洛克斐勒基金會等的設
想、創建和培育，都在這些信件中有大致呈現。小洛克斐勒是
高效的協調者，他透過協調老洛克斐勒饋贈的資金，把弗雷德
瑞克·蓋茲、威廉·雷尼·哈珀、威廉·W·韋爾奇（William W.
Welch）以及其他一些改革者的夢想變為現實。

但是，小洛克斐勒在引導父親想法上，也有不靈的時候。
1921 年，紐澤西州標準石油公司的管理階層想要提高年度股
息。小洛克斐勒準備那樣做，但老洛克斐勒卻強調小洛克斐
勒應該盡力阻止這個計畫，他說，「過後當我們覺得萬無一失
時，再提高股息很容易，但是，我相信我們過去為石油公司融
資所堅守的保守政策，現在仍是可行的，因此，我希望我們不

要背離它……如我所言，關鍵在於實事求是地根據其價值，保持公司強勁發展勢頭，然後，才可能進行股票買賣。絕不能本末倒置，而且這種做法必須對公司有益，這樣才能確保每一位股東的最大利益。」

在探討企業發展和慈善事業的同時，這些書信還勾勒出一個家族在成長過程中，不斷變化的生活狀態，和遇到的各種境況。這裡有關於 1887 年到 1897 年間雪橇和滑冰小事的娓娓敘說，也有關於山莊前門塗刷顏色和馬匹飼養的精彩描述。有涉及老洛克斐勒在國會面前為標準石油公司作證的事，也有涉及向新成立的芝加哥大學捐贈的事。還有關於小洛克斐勒 1893 年進入布朗大學，建立社交圈、遇到未婚妻、接受教育等林林總總的事件。

在 1897 年到 1907 年這 10 年間，小洛克斐勒進入了父親的公司。他成為老洛克斐勒的三個顧問之一，其他兩位是弗雷德瑞克·蓋茲和斯塔爾·J·墨菲。他投機股市，損失「幾 10 萬美元，」最後由父親彌補。他幫助協商那些較重大的洛克斐勒慈善活動的相關條款。

小洛克斐勒與艾比·歐德利奇成婚，最大的兩個孩子，艾比和約翰·戴維森三世出生。他的薪資派到每年 10,000 美元的時候，他覺得自己不值那個報酬。他建議父親在經濟上資助姐姐阿爾塔和她的新婚丈夫 E·帕馬利·普倫提斯，父親同意提供資金購買毯子、刷子、笤帚以及其他「零七八碎的房間內的小物品。」重點是，他還提供了房子。

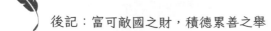

在 1907 年至 1916 年間，小洛克斐勒和高層進行資產多樣
化投資，把原本重點在石油公司、鐵路和房地產上的投資也分
散到了銀行、保險和新鐵路上。老洛克斐勒把紐澤西州標準石
油公司的一些股份贈給他仍健在的三個孩子，但是告誡他們，
如果要出售股票，必須事先通知他。他還把他在美國亞麻籽油
公司的所有股份以及部分紐約地產贈給了小洛克斐勒。這個階
段，小洛克斐勒的家庭成員不斷增加：四個兒子相繼出生，納
爾遜 1908 年出生，勞倫斯 1910 年出生，溫斯洛普 1912 年出
生，大衛 1915 年出生。小洛克斐勒在西 54 街 10 號建立新家
以滿足添丁的需求，這處住宅剛好與在西 54 街 4 號的他父親
的宅邸毗鄰。他在緬因州購置了海豹港的一處宅邸，還對紐約
波坎蒂科山的原山莊進行了擴建。

小約翰·洛克斐勒夫婦
John D. Rockefeller, Jr. and Abby Aldrich Rockefeller

約翰・洛克斐勒與孫子大衛，攝於 1910 年

小約翰・洛克斐勒夫婦的孩子們

　　在 1917 年至 1922 年期間，老洛克斐勒贈給小洛克斐勒的現金、債券和有價證券超過 4.25 億美元。父親的饋贈和兒子的感激，在信中表達得非常簡要。即便是饋贈 100 萬美元的現金，或是 2 億美元的債券，也是言簡意賅。

　　在 1917 年至 1937 年的 20 年間，通信內容有些微妙變化。關心在佛羅里達、紐澤西、紐約和緬因的家事成為越來越頻繁的話題。老洛克斐勒的畫像由約翰·辛格·薩金特畫了兩次；保羅·曼西普為他創作了一尊大理石半身像；威廉·O·英格里斯保存著排好版的老洛克斐勒回憶錄。老洛克斐勒仍一如既往地關心著石油業的發展和周圍世界的變遷，但他更願意充當觀察者而非參與者。

約翰·洛克斐勒之畫像 (1917)，薩金特作品

小洛克斐勒的信中充滿著不斷昇華的普世思想。他為地處北曼哈頓的崔恩堡公園購置土地，為洛克斐勒中心和河畔教堂塔樓的建設提供資金。他著手殖民地威廉斯堡的修復工作，展開法國及中國文化遺跡的復原工程，還在耶路撒冷修建一座博物館。他篤信值得去的地方，就能豐富人類的心靈，於是他讓美國公園成為人們可以受益的地方。他的這項慈善活動遍布全國，從緬因州的阿卡迪亞國家公園（Acadia）到懷俄明州的大提頓國家公園（the Grand Tetons），從加利福尼亞的紅木森林公園（the Redwoods）到大煙山國家公園（the Great Smokey Mountains）和雪南多亞國家公園（Shenandoah），他貢獻了數以百萬美元的資金，並投入了大量的個人精力。

　　1920年代時，小洛克斐勒的身影常出現在公共論壇，他的主要觀點是，美國的信仰和商業氣氛有必要做些調整。他質疑北美浸禮會的「正統派基督教義者」，這種質疑不僅僅展現在論壇上，他還撤出了資金支援，轉而幫助以哈利·艾默生·福斯迪克和河畔教堂為代表的宗教自由主義。

　　小洛克斐勒明確而堅定地與現存的商界亂象鬥爭。他發起了一場影響廣泛的委託人之戰，迫使科洛內爾·羅伯特·W·斯圖爾特辭掉印第安那州標準石油公司總裁之職，因為他在國會委員會前做了不實的證言。這個事件使很多石油界菁英更願意想方設法接近老洛克斐勒，而疏遠小洛克斐勒。

　　老洛克斐勒漸漸地退出生意場，興趣轉向高爾夫球，為了這項運動，他隨著季節變換，不斷地從佛羅里達到紐澤西，之

後到紐約，然後再回到佛羅里達。父子通信中越來越關注家庭
事務。小洛克斐勒自己的小家，也變成了擁有 1 個女兒和 5 個
兒子的大家，6 個孩子都已長大，開始參與經濟、社會和政治
領域的活動。他們人生中的每一次重大進步，都會與老洛克斐
勒分享。由於老洛克斐勒年事已高，因此，在佛羅里達和紐澤
西的家庭聚會也越漸頻繁。老洛克斐勒總會盼望著這樣的相
聚。耶誕節和生日時，還會繼續互送禮物。這些禮物有大有
小，大到克蘭 —— 辛普利斯車和價值相當的勞斯萊斯車，小
到高爾夫球、領帶別針、手帕和領結。在此書信集的最後一封
信中，老洛克斐勒還在想著送外孫什麼樣的結婚禮物。

　　從這些書信中能夠看出洛克斐勒父子努力的人生理想與信
仰。老洛克斐勒曾為洛克斐勒慈善組織捐贈超過 4.8 億美元，
為學校和大學以及宗教和福利組織捐贈 5,800 萬美元。家庭成
員分享了 5 億美元，其中大部分饋贈給了小洛克斐勒。老洛克
斐勒的大部分捐贈流向洛克斐勒基金會慈善活動，而小洛克斐
勒的饋贈方向卻很多元。在他 5.37 億美元的慈善捐款中，1.92
億美元捐贈給了洛克斐勒基金會的慈善組織，如洛克斐勒兄
弟基金會、國際教育委員會、社會衛生局（the Bureau of Social
Hygiene）和 Sealantic 基金會，但給其他組織和機構的捐贈卻
高達 3.45 億美元。在這些捐贈中，1.21 億美元用於文化及保
護活動，受益的有國家公園、殖民地威廉斯堡市、大都會藝術
博物館、林肯藝術中心。布朗大學、哈佛大學、紐約大學、巴
納德和斯佩爾曼各學院、麻省理工學院、紐約公共圖書館、美

國黑人學院基金會，以及紐約和巴黎的一些國際學生公寓，是教育領域獲得資助最大的，高達 1.06 億美元。還有 7,200 萬美元捐贈給一些宗教機構，主要有基督教青年會和基督教女青年會 (YM and YWCA)、紐約河畔教堂、全國基督教聯合會 (the National Council of Churches)、紐約協和神學院 (the Union Theological Seminary)，以及其他一些較小的聖會和機構。受捐額第二大的組織是兄弟基金會。這個組織是由小洛克斐勒的 5 個兒子在 1940 年時創建，基金合理用於各類組織。1952 年時，小洛克斐勒將 5,800 萬美元捐贈給這個基金會，而且在 1960 年小洛克斐勒去世後，價值超過 7,000 萬美元的一半房地產，也歸屬這個基金會。

他贈授給家庭成員 2.61 億美元，但主要是透過信託基金形式，這樣可以延續幾代子孫。

正如老洛克斐勒曾說的那樣，為了構建美好新世界，他和兒子一起在冒險。這就是他們對於財富的理解。

# 書信來源

　　此文集中收錄的信件均選自洛克斐勒家族檔案館的紀錄資料 1 卷（書信收藏簿，1887 年至 1918 年）和紀錄資料 2 卷（小洛克斐勒的私人文件）。現在，洛克斐勒家族檔案都在紐約北柏油村波坎蒂科山莊的洛克斐勒檔案中心。

# 譯後記

當讀者看到「洛克斐勒」這個名字的時候，腦子裡閃現的多是「億萬富翁」、「石油大王」、「超級資本家」等這些燦若星辰的字眼，但你是否知道這個歷經百年鐘鳴鼎食的家族，也有我們普通人家的人情世故、兒女情長、父慈子孝、祖訓家風、品行教養，這些東西又都可以從本書中略見一斑。所以，如果你站在一個普通人的角度，越過洛克斐勒父子間經營之道的交流，能夠看到交流背後人性光輝的一面，那麼本書便可擔起一部可讀性很高的父子相處人生指南。

平等交流是父子親密關係的基礎。從小洛克斐勒的童年，到他成為企業掌舵人，父子之間的書信交流都透著平等和諧的氣氛。父親可以因耽誤回覆兒子的來信而請求兒子的原諒；也可以鼓勵尚未知事的兒子按照自己的方式處理一切事務，而不必在意父親的想法。這在深受「父為子綱」儒家思想影響的華人家長眼裡，是難以理解的，這種做法也是華人家長值得借鑑的。

父謝子恩，子謝父恩，真誠表達，一往情深。在父子來往的信件中，感恩內容占據了相當大的部分。父與了生命，父與子養育，子謝父恩天理也，這在華人傳統文化中，尤其推崇，但父謝子恩情形卻很少見。小洛克斐勒感謝父恩之詞在許多信件中都有出現，「我感謝上天讓我擁有這樣的父親和母親，我

向上天祈禱……一定要讓我能有機會報答他們。」同樣，父親對兒子也常報以感恩之心，「我們從你身上得到了回報，10倍於我們的付出。」可以看出，父子之間的感恩是雙向的，沒有什麼是理所當然的，這種認知是融洽父子關係的黏著劑。

父子真情關心彼此的快樂與健康，而不僅僅交流經營之道。身為一刻千金的父親，會不斷抽出時間寫信給兒子，叮囑他「一定要保持足夠的飲食營養──不要餓著肚子學習。」「必須有足夠的戶外鍛鍊。」建議兒子要合理安排工作和生活，心態平和，不要太勞累。殷殷老父之情躍然紙上。兒子對老父的一片深情也時時閃現，「您健康長壽是我們最大的幸福，您的智慧與精神還會像過去一樣讓我們追隨，我們愛您、敬仰您，渴望成為一個像您那樣的人。」

父親的品行是對兒子最好的世界觀教育。老洛克斐勒的學識、智慧、遠見為世界帶來了深遠的影響，他對企業、商業和慈善事業的巨大價值，是兒子永遠追隨的人生目標。每當小洛克斐勒因為人們的狹隘、吝嗇、嫉妒而受挫時，他就會想起父親的耐心、大度和寬容，從而重拾信心。是父親引導他踏上一條由責任和奉獻鑄造的道路，並繼續履行父親用堅毅和智慧建立的造福人類之偉大事業。

遲文成

電子書購買

爽讀 APP

國家圖書館出版品預行編目資料

洛克斐勒父子真實的信件往來，不是只有給兒子的三十八封信：投資策略 × 合約協議 × 專案研發，兩代間的接力，共創富可敵國的商業奇蹟 / [ 美 ] 約翰‧洛克斐勒（John Rockefeller），小約翰‧洛克斐勒（John Rockefeller, Jr.）著 . 遲文成 譯 . -- 第一版 . -- 臺北市：沐燁文化事業有限公司 , 2023.09
　面；　公分
譯　自：Correspondence of John D. Rockefeller and John D. Rockefeller, Jr.
ISBN 978-626-7372-08-1( 平裝 )
874.6　　112014029

## 洛克斐勒父子真實的信件往來，不是只有給兒子的三十八封信：投資策略 × 合約協議 × 專案研發，兩代間的接力，共創富可敵國的商業奇蹟

臉書

作　　者：[ 美 ] 約翰‧洛克斐勒（John Rockefeller），小約翰‧洛克斐勒（John Rockefeller, Jr.）

翻　　譯：遲文成

發 行 人：黃振庭

出 版 者：沐燁文化事業有限公司

發 行 者：沐燁文化事業有限公司

E - m a i l：sonbookservice@gmail.com

粉 絲 頁：https://www.facebook.com/sonbookss/

網　　址：https://sonbook.net/

地　　址：台北市中正區重慶南路一段六十一號八樓 815 室

Rm. 815, 8F., No.61, Sec. 1, Chongqing S. Rd., Zhongzheng Dist., Taipei City 100, Taiwan

電　　話：(02)2370-3310　　傳　　真：(02) 2388-1990

印　　刷：京峯數位服務有限公司

律師顧問：廣華律師事務所 張珮琦律師

定　　價：350 元

發行日期：2023 年 09 月第一版

Design Assets from Freepik.com